# 一个人也要过得好

A person is better

耿沫
GENG MO
著

ARTTIME 时代出版
时代出版传媒股份有限公司
北京时代华文书局

**图书在版编目（CIP）数据**

一个人也要过得好 / 耿沫著 . -- 北京 : 北京时代华文书局 , 2015.9
ISBN 978-7-5699-0474-1

Ⅰ . ①一… Ⅱ . ①耿… Ⅲ . ①故事－作品集－中国－当代
Ⅳ . ① I247.8

中国版本图书馆 CIP 数据核字 (2015) 第 194408 号

# 一个人也要过得好

**著　　者** | 耿　沫

**出 版 人** | 杨红卫
**选题策划** | 曾　丽
**责任编辑** | 曾　丽　石乃月
**装帧设计** | 蔡小波　P-OPPY 设计
**责任印制** | 刘　银　范玉洁　訾　敬

**出版发行** | 时代出版传媒股份有限公司 http://www.press-mart.com
北京时代华文书局 http://www.bjsdsj.com.cn
北京市东城区安定门外大街 136 号皇城国际大厦 A 座 8 楼
邮编：100011　电话：010－64267955　64267677
**印　　刷** | 北京卡乐富印刷有限公司　010-64267397
（如发现印装质量问题，请与印刷厂联系调换）
**开　　本** | 880×1230mm　1/32
**印　　张** | 7.5
**字　　数** | 262 千字
**版　　次** | 2016 年 1 月第 1 版　2016 年 1 月第 1 次印刷
**书　　号** | ISBN 978-7-5699-0474-1
**定　　价** | 32. 00 元

美好的憧憬，琐碎的篇章，
像天边的云彩，伴了日出、衬了日落，
任满天繁星喧嚣，它依旧安静飘着。

被囚禁久了的灵魂，

就会忘记如何去飞翔。

世界上很多事情，经验多了，总会好一些。
唯独爱情这件事，经验就像挥之不去的伤痛。

这个世界，
总有一个人，
可以触碰你壳内柔软的地方。

想有这么一个人，
你说走，他不问缘由。
当你走向逃亡的车站，他已经在远远地等着你，
他不会错过和你的任何一场旅行，
他陪你在每一场旅行中，寻找更好的自己。

TOSHIBA
SONY
Panasonic
Don't touch
请勿触摸

只是我们，

常会在欢乐的时候不小心就记起悲伤，

时刻提醒自己不能遗忘。

一个人，

有时候孤单得很需要另一个同类。

我们永远不可能成为

别人生活中的主角，

就像没有谁可以替代我们的人生一样。

一个人无目的地乱走，就是自由。

# 序言
# 那些被偷偷藏起来的美好

小时候，常常思考着长大后自己的模样，有奋不顾身的爱情，有说走就走的勇气，有决断生活的能力，不一定有美丽的脸庞，但一定有值得骄傲的笑容。

而年岁见长，才发现有些事情总是逃离计划，如野草肆意生长，难以控制。终归是生活的打击，凌迟了信心，也剥削了勇气。于是，自己离那个梦想中的未来仿佛更遥远了。

一个人很容易就可以陷入阴霾的天气里无法自拔，很容易就会站在人来人往的站台发呆，灵魂却飘忽得不知边际。过去的喜乐会附上陈旧的色彩，提醒着自己，回忆泛黄了，削尖了考量的眼。于是现在的生活简直不值得一说，总在回忆中翻滚，愿有一架时光机，可以带着现在的自己回去寻找快乐。有时，生活纵然静好安谧，却仍觉得有些轻描淡写，留不下太多痕迹，只觉得抵不过记忆中那参差不齐却色彩斑斓的过去。

不知从何时起，挑剔成为我的生活主题，而且越挑剔，越不快乐。

城市太浮躁了，我的心也是如此，总是希望能有更多空闲的时间来梳理生活，理出清晰的纹路来惦念旧时的光阴，理出悠扬的皱褶来放置辛酸。空出生活繁琐来摆放品味，却一不小心就发觉时间永远是无法计量出空档的，如果不小心规划，会被琐碎生活截取大部分的精力来斗争，而非从容走过。

我也曾叛逆地当过一回生活的逃兵。

一个人选择了一个城市的角落，辞了工作，带着身上不多的现金，把手机、银行卡统统锁紧在家里的衣柜，只带了一个小包，包里放上简单的衣物，拉上拉链，推开门，匆匆回望一眼熟悉的屋子，便关上门，走向生活的另一端。

没有计划，于是时间和行程总在变更中，踏上一辆又一辆车，走了很远的路，一开始如释重负，走着走着，却开始沉重了，觉得背包里面装满了许多东西，那些亲情、友情和爱情奔腾呼啸在耳边，在陌生的城市里，那种感觉被一再放大，成为耳边呐喊出来的两个字——回家。

那一天半夜才到家里，不想开灯，点了一盏蜡烛，房间有台老式的唱片机，从抽屉里翻出了一张老旧的唱片，蓝调的音乐优雅地倾泻在房间角落里，像时光在诉说着美好和温情，暖暖的如情人的吟唱。

黑暗的房间里，一盏蜡烛浅散的光芒，一首反复循环歌曲诉说的静谧，时间竟如同满灌阳光洒满地板，一提清风迎面扑来，斑驳的小痕迹懈怠了身体里每一根疲惫的神经，妥善地翻出时光背面那些美好事物，关于一个人的近况，总觉得一团糟，可是如今思考起来，好似又是另一种模样。

在零散床单上，暖上一壶茶，轻轻踏着房间地板，走上一圈又一圈，哪怕此刻没有明媚的阳光守候，也觉得刚刚好，耳边的曲子刚刚好是温柔的墨阳，心醉的清凉。

童话般的美好。脑子伏击这个形容，意识被轻轻惊醒。

房间里东西杂乱着，就好似陌生的地域，我像《重庆森林》电影里的梁朝伟开始跟各种事物交谈，莫名欢喜。

提着蜡烛慢慢摸索，书桌上一片恋爱的迹象，书和书之间没有隔阂，非常融洽。想起很久以前，它们都还从未碰面，我便由衷感激它们对于我抱有的耐心。随意翻开一页，跳出一两个我喜欢的词语，便觉得够了，满心愉悦，和它们约定明天好好相见。

衣柜里面各类颜色不同的衣服都挤在一起，享受着热闹的氛围，而袜子和内衣都窝在角落里面，如灰姑娘一般等着王子出现，不吵不闹。

我一个人像历险一般，将蜡烛吹灭，光着脚，按着记忆的轮廓，慢慢地穿过客厅，走进卫生间，夜色均匀地在脸上散开，眼睛也可以适应黑色的温度，一切都如同梦境一般，重新展开。

一晃天亮了，却想打开灯了，推开窗，静静倚在窗前，回头慢慢看着街上人群多了起来，一群小孩欢笑地途经楼下，或是奔跑或是慢慢走，还有被小狗吓到号啕大哭的小孩，一抬头就发现树梢上春天到了，绿色叶子慢慢攀上墙角，回头张望，屋里的小植物也回应了我一抹微笑。

此时，只想说一句：Single person，simple life.

# CONTENTS / 目 录


001 序言 那些被偷偷藏起来的美好

第一章 / 青春散场，回忆无殇

003 爱情中的“独立事件”
006 偶尔的困惑
010 写给自己的三行情书
014 我思念的城市已沐黄昏
018 青春散场，回忆无殇
023 心平静，才能有所不同
026 偶尔，请扮演坏人

第二章 / 忘就忘了，别再去想

033 花开了，守住姿态
038 别把自己丢在尘埃里
041 多年后，你终于长成了我心中那个美好的姑娘
045 忘就忘了，别再去想
049 青春里那段泥泞的放逐
052 总有一个人在角落深爱着你
054 或许你不是辛德瑞拉

第三章
/
说一个谎言，换一阵轻松

061 老男孩，小女孩
066 芒果街上的女孩
070 大家都爱过哆啦A梦
074 贪心的孩子有糖吃
080 说一个谎言，换一阵轻松
083 曾盼望拥有一双
10cm的高跟鞋
087 收纳盒里的秘密
091 人人都爱小王子

第四章
/
心有所念，不负光阴

097 曾为你做的最浪漫的事，
变成后来最傻的事
100 别让时间遮盖了心里那首歌
104 被绑架的人生
109 把时间浪费在美好的事物上
114 这样的孩子气，不是幼稚
121 抽屉里的日记本
126 接受青春的盛情邀约

第五章
/
你最美的气质是自由

131 最美的气质，是自由
135 肯听你说梦的人
139 最亲爱的绿皮车
144 睡别人的沙发
147 明明是三个人的电影，
我却不能有姓名
150 最后一个故事写给自己
152 一切都是命运

第六章
/
暖暖的，带着心灵逛人生

159 一段时间内，别管自己
163 这个“乡绅”有点特别
167 别急着对生活发火，
等待末班车
174 捆绑的心灵要松松了
179 别来无恙吧，幸福？
185 等待戈多
190 带着回忆奔赴明日
194 最后，遇见最初设想的自己

# 第一章 青春散场，回忆无殇

在清晨，在黄昏，在夜晚，一个人的时候，或沮丧，或开心，你都可以从中找到最适合自己的共鸣。

# 爱情中的“独立事件”

一个学统计学的朋友是在无声无息中变成剩女的。先读大学，后读研究生，博士刚刚毕业，工作未稳定，剩女的大旗就插在了她的头上，为此，她满腹怨言。

一直都是乖乖女，一直都在努力读书，一直都在向着更好的自己出发，结果却败给了那个不思上进，一心只想嫁给“高富帅”的发小。所以，“伴娘专业户”的朋友为了回击发小，以表她的不满，坚持不给发小当伴娘。

仔细想来，朋友的爱情路上似乎只有一次真正的恋爱，还是她比较受伤的一次，往下的爱情几乎都是在重复之前的爱情模式。

和朋友深入聊天才明白，在她心中一直有一个统计学的理论。每次恋爱之前，她都要告诉自己：这是一个独立事件，男主角换了，可是女主角的心却未变。

每次的恋爱看似独立的事件，但它从真正的意义上却从未单独存在过。因为，一切从开始就在朋友的内心深处种植下了一颗“不幸福”的种子，挥之不去。

也许我们不应该相信“一段新的感情，可以治愈上一段感情的创伤”，因为它未必能治疗，反而会让你品尝到“旧的伤痛未逝，新的疤痕更疼”的滋味。

只是，心里清楚跟实际做到是两件完全没有关系的事情，或者，这才是真正的独立事件。

我们故作坚强地要求自己转变了对爱情的定义，告诉自己对一段已经分手的感情，要做到心中毫无芥蒂，没有牵挂，没有怨恨，没有愧疚，理智中没有任何的负面印象。我们自欺欺人地认为自己在爱情中是一个理智的人，却按捺不住情感总是先行。

有多少次，我们在新的恋爱对象身上寻找旧爱的影子？有多少次，我们对着知己好友诉说着前任的不是？可最开始的时候，那个前任也曾是我们心心念着的对的人。

这样开始的新感情才算得上是一个独立的事件，成败的概率才能从50%算起来。否则，修成正果，只能越来越吃力。

而那个一直在用统计学计算爱情、计算得失、计算人生的朋友，也许一直不知她对爱情浅薄的认识依旧停靠在那段给自己带来伤害的初恋中，从此之后的情感都不能算是独立事件。

朋友的发小也许才是最聪明的，深知每个男人都有所不同，深知幸福除了靠自己的优秀，最重要的是努力之余，始终还要把所有的男人和女人以及不同的爱情分开来看。

当爱情结束的时候，我们的心可以重新归零吗？

如果还有些许残留，那是养分，还是可怕的阴影？

决定离开一个爱过的人，无论多久之后才开始另一段感情，让人生重新开始，也许都应该是水过无痕的状态。

而对过往的爱情，有一天我们已没有记忆，没有负担，没有借口。对现在的爱情，也许一直如捧着初恋那般认真，始终觉得没有把握，却愿意把全世界都先给对方。那么愚笨，那般勇敢。

还记得初恋时，在爱情中，我们常常忘记自己。那时，还没有学会如何使用手中的那把标尺，还不懂什么叫统计学，一个人经常在数字中变得糊涂。就是那个容易迷糊的年纪，不计较，反而生活得更悠然自得。

世界上很多事情，经验多了，总会好一些。唯独爱情这件事，经验就像挥之不去的伤痛。除非，已经学会了如何正确地看待过往。

在爱情中，依然会泪流满面，依然能有一颗被微小幸福感动的心，并且有诚意地学会尊重他的世界，也许才是在爱情的世界中真正地长大。

## ／偶尔的困惑

有的时候，走在大街上，看到街头人头攒动，不禁感叹，美女为何年年那么多，而且呈现了猛然增长、年轻化的趋势。自己不免有些伤怀，衰老和憔悴好像一直写在脸上，从未退去。而仔细回想人生，却好像从未真正年轻过。每天纠结不知道选哪一款眼影，不知道该继续喝哪一种减肥茶，不知道哪种服装才是自己的Style，不知道明天还要不要继续那份每天想辞职七次的工作——一个人，竟然会有种世界和自己作对的感觉。

应聘不到好的工作，是不是主考官都是视觉动物，根本看不出厚厚的眼镜下掩盖着你的清丽容颜？工作中业绩始终不突出，该不会是总监把好的客户分给了坐在你旁边的美女吧？虽然差点儿没在爱情中被剩下，但看着男友，会不会偶尔也觉得你的择偶好像“没有底线”，才选择了他？时装杂志和时尚购物网站，每天都在搜索，但却始终找不到自己想要的那一款。对了，有一些人还曾写E-mail告诉过知名的设计师，设计要接地气啊，不要天马行空，考虑下女娲捏人的时候，有时很随意，似乎他们就是她最随意的那一捏。

唯有在杂志上看到国外的年轻人，三十不立，依旧在世界到处游玩时，才露出各种羡慕嫉妒恨。想想自己留学的那段时光，再对比下他们，真是如天壤之别。

不能再想了。

也许真正阻止我们找不到适合自己人生“款式”的原因是，在这一个人的内心深处始终没有“且听风吟”的情怀，始终没有“满腹经纶”的压阵。

有人说，生活无时无刻不需要丝丝诗意，不然，苦闷的人生真是会“缘愁似个长”。

真羡慕那样的女子，满腹经纶，才情洋溢，淡定自信。翻开历史的大辞典，这样的女子不在少数，比如卓文君、李清照、蔡文姬、薛涛、朱淑真、唐琬、苏小妹……如一颗颗轻灵夺目的明珠散落在历史的长河中，无比璀璨、耀眼。

李清照与丈夫赵明诚的故事可谓是爱情中的典范。他们曾共同致力于书画金石的搜集与整理，曾一起颠沛流离，享受过爱情中的温馨与美好，也曾一同感受了世间的一切世态炎凉。最终，赵明诚敌不过疾病，与世长辞，离她而去。

本以为她会坚守这段爱情，至死不嫁。但经历了北宋与南宋两朝的交替，又受到了玉壶通敌的迫害，李清照再嫁张汝舟，没想这一步竟然遭到了举世“诽谤”，使得这位千古才女的命运竟然像一叶孤舟在惊涛骇浪中摇摇欲坠。

虽已至此，生活如此不堪，李清照却在词中转身一变，成为了一个具有悲剧情怀的女词人，她把文字写得淋漓尽致，虽有愁，但文字中始终没有具体的悲伤。从最初的闲愁到最后的孤独之愁，这其中的人生堪与谁说？

举起她伉俪情深的愉悦，国破家亡的悲叹，我们不免感叹，才情女子最让人动心的，是因为时隔千年，你依然会为李清照担心、难过。在词的面前，你依然心生崇拜。

女人可以不美丽，可以不用胭脂粉黛，但一定要有才情，因为它才可以留驻青春，重塑女人的生活。著名作家林清玄曾在《生命的化妆》中坦言，女人化妆有三种境界，最高的境界就是通过化妆来改变气质，独特的修养与气质是女人最富有魅力的表现。正所谓红颜易逝，思考与艺术却永远不能逝去，反而会停驻在内心深处，愈久弥香。

我也渴望成为那般的女子，满腹诗情，因为有才才能令其品位高。有才无情却难以亲近，如那黑袍中紧紧包裹的绣女；有情无才，美丽却不能持久，且缺乏韵味，犹如昙花一现。

真正的才情，也许就是用自己的才华和感情化作正能量，从不丧失自己对理想的追求，从不放弃自己对爱的信心，并且能时常安静下来，且听风吟。

一切都如莎士比亚所赞美的那样自然：“假如用一扇门把一个女人的才情关起来，它会从窗子里钻出来；关了窗，它会从钥匙孔里钻出来；塞住了钥匙孔，它会跟着一道烟从烟囱里飞出来的。”

因为有才，方能凸显品位；

因为有情，人生美丽无穷。

## ／写给自己的三行情书

你那些恶作剧／我是故意中招的／因为想见到你的笑颜

如果你在天堂遇见我／请装作不认识我的样子／因为下一次也想由我向你求婚

当我在抱怨“京都与神户的远距离恋爱”时／奶奶微笑着说“20多年前我就开始远距离恋爱”／天国的爷爷，你听到了吗

无论邀她多少次去唱K都是拒绝的妈妈／虽然寂寞地笑称自己是音痴／可我至今记得儿时耳边萦绕的摇篮曲

这便是我第一次看到三行情书，短短几句，却饱含深情，直击人心。心情不好的时候拿来看看，很温暖。

仿佛也是在一夜间，三行情书便风靡网络，“三行情书大赛”也成了热议话题，网友们一边转载，一边将刻骨铭心的句

子保存。在鸿雁传书几乎销声匿迹的时代里，人们在三行情书里找到了共鸣，隐约看到自己的故事，契合时曾经心弦一动。

我想如果可以／我希望下辈子你是我的女儿／让我来照顾你

我变成了福尔摩斯／自从遇见了你／不放过任何你可能在意我的蛛丝马迹

若我在你的故事里，请把我设定为一个旁观者，看尽你们的繁华落寞／若我在你的故事里，请把我设定为唯一的女主角，陪你演尽似锦的青春／若我在你的故事里，请把我设定为你的过客，只匆匆地带走你的记忆

很多人也开始即兴创作着属于自己的三行情书，给家人，给一起奋斗的好友，给暗恋许久的“Ta”。寥寥数语有时会引起陌生人的共鸣，有时也会招来熟悉人不屑的眼光，毫不客气地说这些都是矫情的酸话。但主流的声音是褒奖的，不管辞藻如何，只要是用心写的情书，自有动人的力量。

但很多人不是因为情书文字催人泪下，而是因为如此单纯质朴的形式而感动。信息高速传递的今天，我们已经不再摩挲着信笺，一笔一画写下对他人的思念。真挚的感情无论被怎样表达，都经得起沧海桑田的考验。

有人说，三行情书重新给新时代的情书予以了定义：“一个时代的爱情总带有那个时代深刻的烙印，如今进入微时代，爱情经不起等待，既要言简意赅地表白，也要快速精准地到达。‘三行情书’用简单的方式传递爱情，它告诉我们，爱情可以很简单。”

兴之所至，我曾计划不间断地每天给身边的人写一封三行情书，写满一年365天，简单、纯净，温暖自己、温暖生活。然而，在持续了两个月之后，我放弃了这样的尝试。因为当我每天需要去想、去构思，把原本应当满怀感情的三行情书当成抄写诗句来做的时候，我便亵渎了有着灵魂的它。

我的心是玻璃做的／破碎了就无法弥补／可我仍想用我破碎的心来爱你

这是我写给自己的三行情书。

在我的眼里，世界是美好的，即使在经历了一些事，被伤得千疮百孔之后。我害怕受伤，但我更不愿意，让我的心沾染上世俗的尘埃，我宁可单纯地活在自己的世界里，静好，从容，因为我见过天明时海上的那一抹湛蓝，蓝得透明，蓝得令人心醉。

# 我思念的城市已沐黄昏

当年轻时，还不能控制自己的时候，恋上一个人，显然不能像旧电影里的情节那样，选择用难以自拔的伤痛来掩饰内心的缺失。因为即便撕心裂肺地痛过之后，发现自己还是无能为力。

终究没有痛心切骨的努力，甚至没有开口对别人说“喜欢”的勇气。

童话中，海的女儿最终变成泡沫了吗？她的生命，她的善良，在阳光下闪耀。小时候读这个唯美的故事，只记住了美人鱼的美丽。如今再读一次，为何从中读到满怀伤感。

难道是因为忆起留学时，他曾每日在博客上给我留言；还是幼年时，他和我手牵手一起读书？也许都不是，爱上一个人就是宿命。慢慢地，你似乎变成了另一个他，听他喜欢的音乐，看他赞美的风景，变成他所喜欢的女孩的模样，哪怕他牵手的是另一个很像自己的女孩。

……

我思念的城市已是黄昏，为何我总对你一往情深，曾经给我快乐也给我创伤，澄净给我希望也给我绝望；我在遥远的城市陌生的人群，感觉着你遥远的忧伤；我的幻想……

在北京的地铁，在一场三月的桃花雪中，在秋雨的夜里，在一个人的旅途上，只要响起许巍这首歌，就不会觉得寂寞。因为深爱过的一个人和我一样，也喜欢许巍。我们并不追星，但只要有他的演唱会，我们就会出现在舞台下，一直站着，直到演出结束。

喜欢许巍的音乐。那沙哑低沉的嗓音如此温暖，总有一股力量钻到我敏感的神经，让一束阳光洒进来，走进我的困惑中，或者寂寞的内心世界。

不知道音乐中，许巍在对谁唱他的思念与幻想。是你的亲人、朋友，或者是你的情人，不管角色如何定义，他都会给你一个宽厚的肩膀，在黄昏即将来临时，看云卷云舒。

许巍音乐中的那种流浪情结，像一个人策马前奔而无牵无挂。我为何不能放下所有，也如这歌声中所描绘的那般自由？

记忆中，他曾说过：许巍和朴树是流行乐坛中最让人心疼的歌手，两个人都才华洋溢，敏感脆弱，都曾受到抑郁症的折磨。不同的是，朴树的压力来源于自身对完美的追求，而许巍则是反复颠沛在理想与现实之间。

用许巍的话来说，人生就像他的那首歌：“我只有两天，我从来没有把握，一天用来希望，一天用来绝望。”

从青春期开始爱上一个人，到后来选择一个离家最远的国家留学，选择一个离家最远的城市工作，到如今三十而立，我发现自己就像一个矛盾体——越喜欢，越是思念，反而习惯拉开与他的距离。

这距离，就真的能让他在日夜繁忙之间，在他偶然听到许巍的歌声之时，想起我吗？

我所在的城市已经黄昏，而他的城市将近黎明。我要长睡不醒，他却已经开始清醒，在那个城市继续他的朝九晚五，他的爱情生活。偶尔他与我聊天，总是问我为何不肯安定下来，像他这般，找一个人好好相爱，一直走下去。

并不擅长演戏的我，那一刻突然泪流满面，像个罪人一般。对自己的爱情，对所有的时间以及所做的事情，突然内心满怀内疚与委屈。爱一个人，也许并不需要全盘托出，即使他曾做过令你感动的事，但你最终还是会离开他，把属于他的记忆撒在广阔无垠的大地上，然后继续自己平静的生活。

那与生俱来的孤独，又在我身体里滋长，我这始终骄傲的心，没有方向……

这个世界上最自豪的事情，莫过于有一个你深爱且了解你的人，每天陪在你身边；这个世界上最幸福的事情，莫过于一对彼此深爱的人相恋、结婚，不离不弃地走完一生。

## ╱ 青春散场，回忆无殇

爱因斯坦的“平行时空论”深深影响了一代人，受到侵蚀最深的莫过于文艺女青年。或许这是对自己最好的慰藉，不管在生活上是多么失意，至少在另一个时空，还可以抱有希望。在这个世界无法如人所愿，那么也许另一个时空我们却可以顺心所想，这个时空没有遇见可以相爱的人，在那个时空却能如愿以偿。

深夜，莫名地想起一句喜欢的话：“我们也许在另一个平行时空里在一起呢！”顿时有些伤感，望向窗外，北京的天空永远看不见星星。然而，这短短的一句话，依然可以把我感动得一塌糊涂。

每个男人心中都住着一个女孩，像漫画书里描绘的那么漂亮、清纯。每个女孩心中都住着一个男孩，该是什么模样？幼稚？自恋？无比阳光却不自知？也许那个男孩，一定要认真地喊出他的名字，而且每个字读起来一定要保持清晰，字字在决然之间，似乎他才能回头看你。不然，他一定只顾着在足球场和那帮男人踢到天昏地暗。

并不是每个女孩都只喜欢高大、帅气的“樱木花道”，也并非每个女孩都迷恋班上成绩最好的班长。总是有一些戴着黑框眼镜，默默打球，成绩也普通的男孩子，成为了某个女孩心中的“秘密”。

多年之后，当他们再聚，那“秘密”或被深藏，或被以玩笑的方式讲出来，但值得庆贺的是，他不会被她们忘记。

这些想法静静地侵袭着我，牵扯出了往事中的某些小心动，那些总想隐匿在凡尘之间难以被掩饰的爱恋，像山谷里的花，从未想过自己的爱能够绽放在春天里，如此惊艳。每次说到他，便会觉得苦涩，因为那是第一次，知道什么是心动，什么是喜欢，还有无奈、遗憾与不完整。

或许并不是所有的结局都能完美，多年后因为男孩的幼稚，导致了爱情的遗憾而终。此时女生早已嫁作人妇，即使再次相遇，也改变不了什么。很多人喜欢把这种爱，叫做不够深刻。时光为何如此匆匆，从不留给女孩等待的时间，从不留给男孩成长的时间。

一直以来，我都以为女孩早熟，十八岁就停在了那里，不断扩充生命的宽度，而男孩迅速成长的时刻则是他心爱的女孩嫁给他人时的婚礼现场，所以，假如有天你曾喜欢过的男生，出现在你的婚礼上，并以玩笑的方式亲吻了你的新郎，在别人看来那是一种情感的发泄，但其实在他的内心里装满的却是种种懊悔。

那时我们太年轻了。

每个女孩的身边总会有几个调皮的男孩子，就坐在我们身边，永远摆着搞怪的脸。或者就坐在你的背后，故意撤掉你的椅子，看你尴尬的表情，或者是隔壁的男生，蓄胡子，留长发，吹着口哨，学大人的语气谈论女生的样子。青春期的躁动或许是在开始认识到自己的不安时开始的，不管怎样，我们都度过了，哪怕是夹杂着些许遗憾。

一直坚信不疑，在另一个时空里，一定有一个自己过着喜欢的生活。不再得过且过，不再向命运做无端的妥协。也许会羡慕他们，但其实羡慕的无非是自己的青春年华，那些嚣张跋扈的年纪，可以相濡以沫的爱情，可如今，为何总是在指尖，无声息地洒落。

没有撕心裂肺的哭泣声，没有阴暗自闭的抑郁性格，没有无聊夸张的自杀情节。“我希望自己能成为一个有用的人，这个世界因为我的存在而变得有一点点不同。”也许很多女孩都有这样的想法，她不知道的是，她的存在已经让身边的男孩子觉得世界很美，她一定不会明白的是，多年之后，男人想起她依旧会心疼不已。

于是我变得格外相信另一个时空的存在，以为不能实现的生活都在那个时空上演，而平行时空里的自己，也常常祝愿她比现在的自己更自由，能追随心意，时刻与自己为伍。

时光穿梭，在大学读书的时候，总认为身边的男孩子都过于幼稚，认为年长的男人才有魅力。每次听到他们说起已经去过的远方，已经有过的生活，总是羡慕不已，想去经历与尝试。直到自己也长大，也去工作，去出差，成长至轻熟女的阶段，才明白那些生活的经历就像小女孩偷偷穿妈妈的高跟皮鞋，长大后更喜欢平底鞋一般，总是要经历的。

有时，总忍不住要对过去时光中的自己轻轻说："呵，放慢脚步，放慢心情，慢慢来，别着急。"

为何在后来的时光，总是不肯相信美好、幸福与感动，在提起这些词语的时候，心中总会莫名地抵触，甚至不敢回忆过往？在成人仪式上，手握拳头所说的那些话，还能记得多少呢？

在肆无忌惮的青春时光里，可以不用付出努力，可以尽情享受其中，才会让人们久不能忘。只是时间那么脆弱，错过就如此错过了。后来，我们终于学会如何去爱，学会如何让自己的情感保持平衡，学会用波澜不惊的心情看源远流长，才发现那个真正值得你去爱的人早已不在。

在某个盛夏，一群像夏天般的男生女生曾一起走过马路，吃过廉价而美味的食物，谈过有始无终的恋爱。路边摊，女生的宿舍楼下，男生凌乱的床铺，他们对那一切充满了好奇。那些青春的戏码，一个个鲜艳而生动的角色，那些只肯坐在教室后面的男生女生，而今飘散在人群中，早已是相见不如怀念。

我问自己，如果能给我一次机会，把一切重新来过，自己能把握住最好的时光吗？如果可以不计一切代价，回到过去的时间中，我会更幸福吗？

如果这一切都不能实现，无法逆流而上，我只好对自己说："没有关系，有一个女孩，在替你过着满怀希望的生活，并且从不退缩，她在另一个时空中，很是幸福，弥补了你所有的缺憾。"

## 心平静，才能有所不同

一直以为朋友是个单纯甚至有些傻兮兮的人，她的生活方式在我看来如此超脱，她不喜欢穿鞋子，不喜欢买新衣服，不喜欢逛街。最喜欢的事情莫过于旅行，但更多的时候，她都是一副安静的状态，一个人看书、听歌，或者仅仅站在草地上深呼吸。朋友随缘、吃素，没有太多物欲，直至今日，她还是单身一人，但不像许多剩女那般狂躁不安，她始终带着某种能让沸腾的人群安静下来的气场……

她曾说："心平静，才能有所不同。"我知道思考是徒劳无用的，唯一能做的便是循着内心所向，不断前行。

在人生修行的路上，在心灵皈依的途中，据说每个人都要先学会把自己放空，总有一首歌，一个地方，哪怕是游人一句不经意的话，会让你豁然开朗。

回想起读书时代乖乖的自己，和毕业之后循规蹈矩的工作，真是不敢想象自己究竟用了多大的勇气，才决定和以前的自己告别，静下心来好好看看周遭的世界。在这一次观察中，仿佛就是孤身一人的修行，不一定能够到达渴望的彼岸，却必然会成为人生中一段难忘的经历。

确实，人生何时不是一个人的修行呢？在这一生中，有人如流星划过，我们只记得那仿若初莲般的微笑；有人陪伴走过风雨，在我们心上刻下永不磨灭的印迹。可不管怎样，自始至终，我们都是一个人穿行人间，从开始到离去。

也正因如此，我们永远不可能成为别人生活中的主角，就像没有谁可以替代我们的人生一样。每个人有每个人的体验，每个人有每个人的因果，同时，每个人都有每个人的修行。要知道，一个人的修行，从来都是孤独寂寞的。成长中也许我们会遇见海一样辽阔的湖，处处充满生机的草地，摇曳着五彩缤纷的世界。一切都美得让人无法抗拒。总想着马上掏出相机，一直不停地按动手中的快门，把所有的景色收为己有，直到手中的相机用储存已满的显示来告诉我，它也疲惫了，什么也装不下。想以美景陪伴自己的旅程，到头来却还是一个人。

世界上总有各种机缘巧合，总会有未断的因缘，让我们的心难以平静。欲望就像左右心情的点卡器，有时点到了快乐，有时点到了悲伤。

正如喧嚣的尘世，沸腾的生活，让我们不得不面对各种浮华诱惑，让我们无处躲避寂寞的毒药。寂寞，就仿佛弥漫在每一寸空气里，总在人不设防范的时候乘虚而入，打乱我们的步伐，搅扰我们的心绪，让我们心浮气躁，失意消沉。

此刻我们迫不及待地想逃离，结果愈逃离，浮躁愈发肆意滋生。其实，如果你不小心被寂寞捕捞，也没什么大不了，不如趁机小憩片刻，整理心情，然后再重新出发。一个追求幸福和成功的人，总是与寂寞有一个美丽的约会。关键在于我们怎样去看待它。若能以一种平静从容的心态去面对一切，那么，或许会看到另一种别样的美好。如果你的内心不能安静，在浮躁中是体会不到这曾朝圣风景之后的风景的。真正美的风景从来都在人的内心。

如今，我们总是陷入尘世烦恼和理想生活的矛盾之中，而能让自己得到解脱、从而安然度过这一生的，也许最重要的莫过于心静，莫过于把握好“随缘”这两个字了。

心灵就是最好的风景收纳地，相机的储存器可以丢，唯有心灵这片广袤之地自始至终属于自己。窗外的风景可以有，重要的是我们观看时，能否看到真正让你感动的，并让从此之后的生活有所不同的那一秒风景。

心平静，生活才能有所不同，风景才能有所不同。

## ／偶尔，请扮演坏人

还记得第一次深夜翻墙入宿舍，铃声大作的警报器惊醒了门卫的阿姨，她就穿着睡衣在昏黄路灯下咆哮：“哪个寝室的？”

而我们已经快速地冲向楼梯，不停奔跑，完全不理会后面尾随的呐喊声——“别跑，快说你们是哪个寝室的！”

只是一个劲往前冲，不回头看，只听见心跳和上楼的气喘声，为了摆脱后面紧跟着的门卫阿姨，我们采取了迂回战术，分头在楼道两侧奔跑，制造出一整栋楼房的脚步声。

这样一来，阿姨也就难以辨认我们究竟往哪个方向，最终我们安全回到宿舍。

那种刺激而激动的心情在关上门那一刻以爽朗的笑声全部发泄了出来，几个人像傻子一样对望，笑得没有仪态，可那种欢乐是由衷的。

我们都知道第二天醒来会各归各位，完成接下去的生活。

就像宿舍里张贴的文明寝室一样，我们都在履行着完美和按规矩办事的原则，一群姑娘不叛逆，不疯狂，早睡早起，品质优良，不浓妆艳抹，不大声喧哗，衣领干净。

别人读起来就一行字：她们是一群好姑娘。

继而再无下文了。“好”的定义很狭窄，而同样快乐也很窄。

这样偶尔的疯狂，让我们都找到了一种快感，那一天心门大开，内心里那个小调皮的捣蛋鬼支配了行为，于是快乐便肆无忌惮起来。

过度的放纵会是空虚，而适当的放纵就是必须。

人生不能一直在压抑中成长，那样灵魂的骨骼会弯曲，长成畸形的姿态。

心其实特别脆弱，我们要学会哄它，不管遇到什么样的难题，都不要急着告诉它“完了，这下完蛋了”，要先安抚它“一切都会好起来的”。

人生是一场赛跑，有人一心想要跑到第一名的位置，奋力狂奔，跑得看不清旅途风景，记不起路途遥远距离，忘记停下来休息，终于有一天累倒起不来了，恍然大悟：这一生，我都做了些什么，我奔跑的终点到底是什么。

而有的人在慢步奔跑，找到了理想家园。

这就是区别。“第一名”和“成功”没有非常紧密的必然联系，非得相信前者的理论，后来也得说服自己忽视沉重的压力，享受片刻的永恒。这时候快乐吗？快乐，但是得到的是不是更多的压力了呢？

有时候，真不可以把自己绷得太紧了。

偶尔，要解放自己的状态。去当一回你不敢承认的坏人，当然是在不伤害任何人，不做违法事情基础上的坏人。

比如假装生病的日子，结果跑到一个悠闲的咖啡吧，享受一天的晴朗美好；比如故意把手机关机的周末，没有任何消息和电话，完全地与世隔绝；比如把不是愚人节的一天当成愚人节过过，在生活与工作中束缚太久了，有时候也需要一种“肆意妄为”释放平日里的压抑……

日光倾城下，你是不是也是个笨拙的孩子，面对未知的一切，会手足无措，原地抱拳，低着头像个迷路的小孩？

城市太忙碌了，一些美好在心底慢慢酝酿，随时也会有枯萎腐化的可能。

人生没有太多完美，才需要一路前行。不要给灵魂太多负担，这样它举步维艰，会很难很难很慢很慢地行走，走一段停一段。回头张望来时的路，各种迷茫，或者还有泪珠衔在嘴角上，苦涩，不是快乐的味道。

有一种爱，它是一种生活的状态，买得起喜欢的东西，不必忐忑地翻看东西上的价码。

也有一种爱，它不在生活细枝末节中流淌，它只在灵魂的轨迹上踏步。它能够随时聆听身体和精神发出的疲惫呼喊，及时地停下脚步给自己一点温暖的问候，或者一个扎实的拥抱。

这样，属于自己的阴暗和蔚蓝全部知晓。

# 第二章

# 忘就忘了，别再去想

在寻找自己的路上，收集到了那么多的阳光，积攒在心里，汇成一个又一个明媚的晴天。每一刻都是喜乐，无须计较过程中的那些繁琐。

# 花开了，守住姿态 ＼

假如你深信名牌可以给你带来不一样的感受，那不妨素面朝天，以免抢了它的光彩，带上它到这个城市最繁华的角落，用你最舒服的速度行走，看你身边人对你的反应。

再假如你穿上平时的衣物，淡淡妆容，精致清新，轻巧上街，再次出现在热闹的街头，用你喜欢的步调行走，同样观察周围人对你的反应。

其实不难发现，后者比前者拥有的赞美更入人心。

如果根植于前者，你会收获这样的评价——哇，你买了一个好好看的鞋子呀，一定很贵吧！

而后者，你会听见的是——你今天看上去好精神，皮肤真好，整个人都容光焕发。

无疑，我们可以发现，在前者中，你做了名牌的陪衬品，而后者，你才是被关注的焦点。

当名牌和普通衣服没有什么不同，那么花昂贵的钱购买到同样效用的衣服究竟是值当还是不值当，心里多少有些不甘心。

一个人的灵魂是什么样的，就需要什么样的打扮。

炫富，如果你没有对象，说来会是一件寡味的事情。把浮夸的态度从生活中剔除后，才能够在尘世中拥抱灵魂，享受快乐。

但人浮于事，总有些情绪无法摆布。

有这样一些女孩，在最好的年龄里，选择了被包养，当小三。在明知道自己将来会有着怎样遭遇的情况下，仍然走上了这条路。

由于内心的空虚，她们往往通过大量购买名牌和炫富来发泄，以至于自己在朋友中的人缘很差。或者，她们连朋友都没有，没人愿意听她们诉苦，包容她们疯狂任性的举止。

她们也许天生丽质难自弃，可是开口闭口的“我可以加钱”……从衣服到包包全部名牌，但并没有得到周围人的尊重，相反的，更多是避之唯恐不及。

拜金主义的她们可能会在将来的某一天被告知信用卡被冻结了，她的秘密情人也许是遭遇官司了，也许是喜新厌旧了，也许只需一秒钟，她们便从天堂坠入地狱。

这样的转变无疑叫人吃惊。

老人们或许会说这就是社会。对，社会就是如此，当人在最高顶角的时候，他不一定懂得如何弯腰，当处于低谷时，他可能就学会前进了。

当上面讲述的女孩，有一天愿意放下纸醉金迷的物欲，并深刻意识到，爱情原来不是那样的。当被名牌钓起来的欲望，顺理成章地成了俘虏，就很难发现自己的真实模样。当牢笼里的金丝雀，爱上了一个不回家的男人，那不过是因为她爱上了一件不合适的名牌。

最后，她们终于懂得放手了，不再是那些只懂迷恋名牌的女子。

一个女人只有处于最美的姿态，才会有最好的人来爱。

不要浓妆艳抹，只要得体地略施粉黛，不论遇见什么人，都要努力微笑，笑开嘴角的暖意。

大多数女人需要一次刻骨铭心的爱，在这个过程中，女人都可以得到最深刻的教育。在今后的情感交往中，也可以有情感免疫力，以及更多理性思考的空间。

杜拉斯曾在《情人》一书中描述了这样一个十六岁的女孩：她戴着一顶玫瑰木色的平檐帽子，穿着一双金条带的高跟鞋，还涂了暗红色的口红。

即使是年幼的她，早已经明白要保持神秘和距离感。她不要任何物质，她对她的情人无所求。只是在故事里，她爱上了一个男子，却又保持了骄傲，并不轻易将爱说出口。

早已经知道分开是必然的了，在肖邦的圆舞曲里，在相互缠绵后，就像来往的过客般总是要离开的，男人离开了她的世界。从此，她一个人生活。经历了几次结婚、离婚，有了自己的孩子，依旧坚持着写作。

战后，男人给她打了电话，虽然那么多年过去了，可是只要一听到他的声音，她就知道是他，他说："我只是想听听你的声音。"两个人在电话里静默了，过往幡然回身拍打她的肩膀，可是她能做的事，只有对往事不再眷恋。

他犹豫而又深情地说，他还爱着她，在那么多年后，因为他发现他不能不爱她。那种爱是刻入骨髓的，将一直伴随他到死。

十六岁少女和三十多岁男人之间发生的越南爱情，似乎早就在他对她微笑的那一刻就注定了悲剧。于是整个爱情过程中，她始终保持着一份骄傲和自信。

这个故事里，她始终是被爱的，那种爱是念念不忘，是明明拥有了，却得百般思量，也无法定夺。

当一个男人得知与他相爱的女人并不想从他身上获得什

么，几乎无欲无求的时候，他便会格外珍惜。因为他害怕，他并没有获得女人心中的“固定车库”，他只是可以盘旋在她心里周围的“临时车位”，这种不安心，让他越是想要获取，结果也就越难忘。

她是他心里永远的“洛丽塔”。

被囚禁久了的灵魂，就会忘记如何去飞翔。一个被困在名牌区域里太久的女人，就像被装在小小的城堡里。

笑容在别人脸上燃烧着，被深深迷恋，却找不到一个持久而温暖的拥抱。

只有找到合适自己的红妆，驾驭着这样的明媚，才能够冲破那些可有可无的影子形象，走到寂寞身边，悄悄地经过，拥抱幸福。

最该取悦的那个人，从来都不是喜欢你或者被你喜欢的人，而是那个无可取代的你自己。

# ／别把自己丢在尘埃里

这世界，有时像透明高脚杯里盛装着的鸡尾酒，颜色魅惑，对着它，整个世界扭转为另一种模样，熟悉又陌生，泛着华丽的光。

城市太浮华了，自我就显得渺小而浮躁。常常有人不经意间丢了自己，因此总有人为了寻找自己而上路。

盲目走了一段长长的路，回头张望，却忘了为什么要开始这一段路途，此刻的心如一艘漂浮在湖面中央失桨的船。

轻易可以望见身边散落的那些别人的天长地久的幸福，心里默默祈祷着我也只需要一点点，却因找不到而渐渐失去了微笑的温度。

僵在嘴角的笑，在反复练习后，化为习惯性微笑，这被我们偷偷誉为成熟。

而成熟的心应该是能够自由掌握生活的，能够通过多角度看待人生，将世界变成一个透明的水晶球，慢慢地欣赏自我的艺术。

人生都是不完美的，而不完美本身就是一种近乎完美的平衡。

我们常花大把时间同别人相处，为了让自我更完美，或者更称得上“完美”这个词，费了九牛二虎之力。有时会在深夜孤寂的时候，打开手机，想要从几百个人的电话号码中找到一个了解自己的人，来一场心灵对话。

却越是翻找，越是寂寞涌上心头。

也罢。夜就空荡着，让风撩拨回忆的思绪，慢慢放空。

内心孤独的我们总爱四处寻找一个或两个真正懂自己的人。这一路，我们都不曾放弃，也不敢放弃，直至遇见了喜欢自己的人。因为喜欢，我们愿意将自己最柔软的一面展现在他们面前，或者是因为这样的真诚和勇敢，我们才找寻到真正的喜欢。

其实，最了解自己的人，是自己。

为了让自己和别人一样，我们做了很多伪装，第一步是把真实的自己藏在心底，久而久之，我们却也忘记了自己的模样。

“监狱是认识自我的理想场所，同时也是从现实的角度定期探寻个人思想和情感的理想会所。”南非前总统纳尔逊·曼德拉在《与自己对话》一书中这样说道。

二十七年的牢狱生活，是我们无法想象的“孤寂人生”，而曼德拉用笔和纸记录了自己思维里的真实，他坦然面对人生，找到了自己。

“监狱不能给一个人什么，但是在这里，一个人至少每天都有时间去反思自己全天的行为，去克服一些不好的方面，然后发挥出内在美好的方面。定期沉思，在每天睡觉前和自己对话十五分钟，是很有好处的……不要忘记，所谓的圣人其实就是不断努力尝试改进自我的罪人。”

或许只有经历过沧桑的人，才明白找寻自我的意义所在，并能够与自己和平相处。

当世界都发出不理解的信号，请第一个为自己拨通心灵的求助热线，留一段时间，与心灵共处和对话，别忙着慌张赶路。

心里的声音每一刻都很清晰，喜欢做的事情一件不落，讨厌做的事情渐次明朗，与真正的自己为伍，让我第一次在醒来的早晨从镜子里看到了那个漂亮的微笑，灿烂到心底，没有一丝灰暗。

一个人在寻找自己的路上，收集到了那么多的阳光，积攒在心里，汇成一个又一个明媚的晴天。每一刻都是喜乐，无须计较过程中的那些繁琐。

# 多年后，你终于长成了我心中那个美好的姑娘

就算人生是出悲剧，我们也要有声有色地演这出悲剧，不要失掉了悲剧的壮丽和快慰；就算人生是个梦，我们也要有滋有味地做这个梦，不要失掉了梦的情致和乐趣。

——尼采

常常觉得人生就像一个照相馆，它会在任何一个时候拍下你的样子，不论是笑着哭着，或者沉默悲伤，都会一点一滴渗入生活的脉络中，成为定格。

再艰难的人生，不要放弃寻找，懂得寻找到合适的角度观看世界，那么一切就都是刚刚好的样子。

带上笑容，就像清晨第一颗露珠，将整个世界的美好折射进眼瞳。

在苦短的人生上，走舒服自在的路。

在不长不短的时光里，总有一些不安安然地来，留下静静走过的足迹，远远离开；也有些人浓烈似酒，造成移山阔海

的变化，深深存在。而一宿醒来，却都无处可寻，如同一场梦境，来去随风。

小的时候，常渴望爱情，在不自觉中喜欢上了初中的数学老师，那是安静而美好的暗恋，所有浓烈的感情都在时光里慢慢舒展，长出叶子的脉络，结成一个花苞。

而我当时就明白这朵花，再也开不了了，它只会是美好的样子，而不会飘出花香，被人惊觉。

在这样的时光里，我常常一个人对着黑板发呆，编织着一些永远不可能发生的情节。暗恋是美好的，这是一种感情上的礼貌。

所有的风起云涌都在平静的浅然淡笑中内化了。

他白色的衬衣在阳光下漾出的漂亮弧度，他嘴角上恰好的淡然美好，都是柔柔的时光细节。

他很喜欢摸着我的脑袋，笑着说真乖、真聪明。那便是他给予我的温柔。

一直到中学毕业，我一直扮演一个品学兼优的学生，年年的奥数都是冠军，只为了在他的教学历程上留下一个擦不掉的名字，这样他就不会忘记我了。

相逢的时间不能太早也不能太晚，是我生在不当的时间，遇见了正好的他，注定发生不了美丽的童话故事。我暗自悔恨着。这个念头竟跟着我走过了流年时光。

后来读了大学，去了遥远的城市，再不曾和他联系，再后来，我也有了自己的简单爱情。

一次街头偶遇，他喊出我的名字，那个声音好似穿越了厚厚的尘土，抵达了我的耳际，恍然如梦。

当我回过头看他的时候，他仍是当年英姿飒爽的太阳，我依旧是路边低垂的小花。

和他简短地问话，他记了我的电话号码，说了要再联系，我心里却不留希望，有些事情，是不是就该在时光里了断，不要带着它前往未来，这一点自知之明的分寸，我总是有的。

没想到的是，他给我发了短信说：多年后，你终于长成了我心中那个美好的姑娘了。

握着那条短信，我整整恍惚了一个下午。

爱情有时候是一种情愫，得不到的时候会怨她那么久不来光顾，而当她靠近的时候仿佛又怕她怎么突然就降临了。

那条短信拨乱了时光。让我一直回首去望当年那个小女孩，若不是这样美好的暗恋情怀，或者她不会将自己变成更好的女孩。那便是时光的馈赠。

后来，我回发了一个笑脸。

故事也就戛然而止了。或许是我太过敏感，那只不过是普通的赞美罢了，可我却隐隐不安。那份暗恋在我有过的爱情里，最为美好，最为长久，它几乎塑造了我后来爱情的骨骼。

亲爱的过往，请不要再拍打我肩，我不想再回头。

花开了，又将枯萎。就让它一直含苞吧，那么在待放的时间里就可以将一切慢慢了悟。

在寂静而不短的岁月里走来，我明白有些过往，若是执着，伤害的便是自己。早早放手，也落得耳根清净，内心幽僻。

放弃，其实是最容易不过的事情，也是一场人生的放生。

恰好的等待，是一份完美，过多的等待，是一种累赘。而它们之间的度，不经过世事变更，沧桑变化，没有过多少次的失败和成功，又怎么能掂量出分寸？

趁时光未老，青春未败，去做你想做的梦，去你想去的地方。

## 忘就忘了，别再去想

如果人的记忆可以随意选择，那么闯进生命中的温暖就能互相依偎，而消失后的记忆也可以抚平，了无痕迹。

我总是真诚地对待遇见的每个人，努力绽放最美好的微笑，因为我知道下一秒钟，我们可能就是天涯海角，再也不会相遇，而这一刻他们正经历着什么，我也无从得知，或许这样的微笑可以给他们的人生捎去一丝安好，这便是我的简单幸福。

我的脑海里住着一条鱼，据说鱼的记忆只有七秒钟，七秒钟后它就会忘记之前发生的所有事情。这样，小小鱼缸里的世界就够它追寻，而且一点也不会疲惫，永在新天地游走着，一切都很幸福。

这样的快乐总有理由。

小的时候喜欢这样一个故事——

在院子里有一只调皮的松鼠，它最爱吃的是院里唯一的一棵松树结的果子，每当大风吹过，总会有许多果子簌簌地落下来。

它特别喜欢那样的场景，于是它总是蹲坐在树下仰望着树枝，有时候也会忍不住睡着了。

这时，树上来了一只小杜鹃，它歌声嘹亮，如同天籁。

被歌声唤醒的松鼠满是期待地张望着枝头，并发现了这只美丽的杜鹃鸟。

从此它再不是等待松果落下，而是期盼杜鹃能再次停歇在这里。为了这一个小愿望，它像麻雀学习了怎么造鸟窝，用柔软的杨柳枝一根一根编制着，不久枝头上就有了一个漂亮的小鸟窝。

而杜鹃已经好几日没有来了，却来了一只又瘦又小的哑巴松鼠。它总是趴在那个窝里望着松鼠，可松鼠却无心理会它，甚至冷漠对待。它在等待着它的杜鹃。

从春天等到秋天。有一天上帝听见了这只松鼠心里流动的悲伤，便问它："孩子，你怎么了？我来聆听你的忧伤，给予你帮助。"

它期待地问："上帝，你能给我一双翅膀吗？"

"那样你就不悲伤了吗？"上帝问它。

它毫不犹豫地点点头，于是它有了一双翅膀。可这时候上帝告诉它："孩子，其实你等待的那只杜鹃为了能和你一样，变成了那只哑巴松鼠。如果你好好看看它的眼睛，你就会明白了，可惜你没有。”

那一刻，变成小鸟的松鼠悲伤极了，远远地飞走了。

有些事情伤害就是伤害，错过了美好，再想回头找寻，也无法维持美好了。它变成了一只躲在梦和季节里的鸟儿，唱开黑夜，唱断回忆。

当它不再执着，也就变快乐了。

当它再经过那棵松树时，它发现那只哑巴松鼠已经有了幸福的家庭。它会心一笑，高高地再次飞走了。

就这样简单地接受美好，告别美好，期待美好。也是一种千回百转的幸福。

藏起来，不代表忘记了，有些故事，是需要过期处理的，就像换季大甩卖一样。必须要廉价处理了，才能给其他美好腾出空间来。

记忆或许没有那么容易忘却，否则就不会有那么多在深夜里嘶吼的痛苦声音。

不要一个人抓着悲伤的衣角不松手，这样快乐怎么样也丰盈不起来，只有缺憾和勉强。

我们常常不自觉地对着最亲近的人发火，不是因为生气愤怒，而是因为我们花了大量的时间同他们经营美好，希望他们能够满足我们更多的期望，变得更好、更生动，也想从他们身上获得更多的东西，就像我们甘愿拿出手的那么多一样。

只是我们，常会在欢乐的时候不小心就记起悲伤，时刻提醒自己不能遗忘。藏起来并不代表忘记了，但是一旦决定藏起来，就不要总去翻起。

# 青春里那段泥泞的放逐 ＼

生活是什么样的，越是走在时间的汪洋里，越发觉被困其中，油然从心里升腾起一股淡淡无奈。

曾经喜欢过的人，说了再见，是不是再也不见？

其实重逢会有时。在熟悉的街头，撞见曾经相恋的人拥着另一个人，他满脸胡楂，笑出了眼角深深的皱纹，和过去一样爽朗，或者更甚。

回望自己身后，是有几个不错的对象，但总觉得哪里不对。美好的憧憬，琐碎的篇章，像天边的云彩，伴了日出、衬了日落，任满天繁星喧嚣，它依旧安静飘着。

对着镜子，也会心生倦怠，是从什么时候开始的无力感，连自己也想不起来。

一不小心，连嘴角的笑容也有了倦意。

经历过怎样的世事变迁，岁月更迭，才会把心里的疲惫蔓延成苍老的模样。

“女为悦己者容”，当悦己者迟迟不出现的时候，我们都习惯说关于以后的事情。

“以后再减肥吧！”

“以后再学化妆吧！”

“以后再修内涵吧！”

……

各式各样的“以后论”充斥着我们脑海，纠结成团，或者平铺成路，让我们屈服于自己的懒惰，选择了一成不变。

日子平淡无奇，一日重复一日。

如果给自己下定义，你会怎样去形容，是用很美丽，还是平淡无奇，抑或特别。

亦舒曾说：“做一个女人要做得像一幅画，不要做一件衣裳，被男人试完了又试，却没人买，试残了旧了，五折抛售还有困难。”

不管处于多么荒凉的世界里，一个人借故放弃自己，出于懒惰而堕落，那是在浪费最美的年岁。此刻需要去数落和计较，自己跟这样的自己过不去，越是没人爱自己的时候，越要爱自己，越要让自己值得被爱。

一个女人最美的年华不过就是此时最不在意的时期，一旦淡薄了自己，会发生什么样无法预想的未来？当下化为过往，毫无讲述的意义，荒唐过完。人的面前有许多条路，却只能作一个决定，走一条路。

没人爱，便自我放逐，自暴自弃。当有一天，与心中那个期盼已久的人不期而遇的时候，才恍然大悟，继而苦恼道："为什么不在最美的时刻遇见他。"

美好排列成行的时候，心里的胆小鬼跑出来叫嚣了，这样的自己，是没有人爱的。就像这样遇见了心上人，却心生怯意，害怕这样不美好的自己配不上在自己眼里那么完美的他。

绳子两端纠缠着两个自我，一个是渴望被爱的奋斗妞，另一个是得过且过的懒惰妞。

其实，早该在冬日，独自一个人慢慢蜷缩着走在空荡的寒冷的街头的时候，就暗自告诉自己："这世界上有个角落，有个人正深爱着这样的自己。"

这会是一个美好的魔咒。

## / 总有一个人在角落深爱着你

曾有个女孩活在满脸雀斑的阴影下，终日郁郁寡欢，认为自己是丑陋的，别人一提及敏感词“麻子”，她便立马反射性地皱眉生气，因而越来越多的人不喜欢她，而她始终不明白原因是什么。

直到有一天她桌上出现这样一张纸条：“喜欢你。你脸上的雀斑像跳动的音符，连笑容也变得动人。”

这几乎改变了女孩的人生，她开始仔细端详镜子里的自己，努力笑出最漂亮的弧度，心里涌满了与幸福相关的甜蜜，被爱是一种幸运，从此，脸上有麻子的女孩默默地在每一日都提醒自己：被爱着，要有漂亮笑容。

总有一个人在角落默默爱着自己，这样的念头让人想起来总是忍不住甜甜微笑，为了给角落的他捎去一丝慰藉。

因为这样温暖的念想，每一天她都会努力让自己过得更加充实，把面容修得精致，无须浓妆艳抹的打扮，要有小清新的田园气息，略施粉黛，也足以美好。

日子就像撒在土地上的向日葵种子，有了阳光、雨水和肥料，它便可以悄然生根，在还未有人得知的时候便暗自酝酿美好。

慢慢地，麻子女孩变成了一个美好的女生，有着明媚的笑容。再后来，开始有一些人对着她的笑容晃神凝视：“你好美。”

这个人就是我的闺密，人称“万人迷”。而那张纸条正是我悄悄写给她的，原来只是为了鼓励她，却不曾想改变了她的命运。

明天，究竟是命运还是机会，哪个会先到来，我们都不明晰。

岁月会剔除许多东西，时间会让深的东西更深，浅的东西更浅，有些人总会离开我们，留下的一部分人与我们对望沧桑。

这座城市里，常常上演着向左走向右走的剧情，那个喜欢自己的人就隐匿在这样的人群中，默默遥望着我们的背影，想着这座城市因我们的存在而有了留下来生活的理由，努力朝着应该有的方向，积极向前。

简单的幸福和快乐，就是这样不费力地得到了。

## ／或许你不是辛德瑞拉

不知道你是否有过这样的期待，透过玻璃窗看见洁白无瑕的婚纱熠熠生光，心里充满着幻想。

其实每个女孩心里都藏着一个与婚纱有关的美梦。穿上最美的婚纱，挽着彼此深爱的人，坚定地说出“我愿意”三个字。

婚纱，在女人的世界里是一种独一无二的存在，不仅因为它的存在而使得婚礼华贵，更因为婚纱似一袭盛满圣洁祝福的幸福，能为现场添加温馨，为回忆增加色彩。

总要有些事物来证明你今生的独特与唯一，来验证你的幸福无可复制，来帮你铺陈好回忆的轴。

历史上第一件婚纱源于16世纪的欧洲爱尔兰，那时候爱尔兰王国的理查王子喜欢外出打猎，在打猎的途中，他遇见了在河边浣洗衣物的罗丝。

仅仅是第一眼的相望，他就被罗丝纯情与优雅的气质所吸引，深深地坠入爱河。英俊潇洒的理查也让罗丝怦然心动，他留下来同罗丝经营了一段时间的感情，两个人都深陷热恋中，无法自拔。

有时，一天很短；有时，一天很长。

他们相识的时间说不上很长，甚至短到来不及思考爱情和未来，俩人就已经彼此认定是今生的唯一。

为了能够永远在一起，他们决心结为夫妻。

贵族们一致强烈反对，决不允许查理王子娶一位乡野村姑，查理王子因此日益消瘦。为了彻底打消王子的念头，皇室提出了一个常人无法达到要求——让罗丝姑娘在一夜之间缝制出一件白色圣袍，它的长度要从爱尔兰皇室专属教堂的证婚台一直绵延到教堂大门。

理查王子听到这个要求后，感到深深的绝望，他预感将无望和心爱的女子共度幸福一生了。

可是罗丝并没有因此而放弃，她仍然充满希望，一个人的力量虽然微薄，但是一个小镇的人加起来呢？那种力量就非常强大了。罗丝和理查的爱情感动了全镇的居民，大家纷纷加入到缝制白色圣袍的队伍中。

大家一夜未眠，被夜拉长的人们的身影汇成了一首简单而快乐的歌曲，忙碌而激情地演唱着。

终于在天刚刚亮起来的时候，一件绝无仅有的16米长的白色圣袍做成了。

见到这件圣袍的皇室们全都被罗丝的爱给感染了，深受感动，当即同意了他们的婚事。国王和皇后也遵守了诺言，亲自为他们举行了童话般的婚礼，而那件16米的白色长袍也就成了全世界第一件婚纱，它见证了一场最圣洁的爱情。

婚纱是爱的见证，也是幸福的收集者。它的存在是为了提醒我们，无论在任何时候，都不能忘记爱的奥义，永不放弃对爱的坚持。

如果爱，请深爱，请不慌不忙，且不离不弃。

并非所有女人都买得起橱窗里那件昂贵的婚纱，虽然多少次从门口经过忍不住张望，但查看一下银行卡账户余额，很自然地不得不放弃选择，即使午夜梦回，会在梦里不甘心地落泪。

谁希望在最幸福的时候留下一个缺角。

租一件婚纱也是一样的，于是很多女人对于婚礼选择了这样的一种方式，当然绝非说这样不妥，只是幸福多少有些走样。就像小时候家里总会让年幼的弟弟妹妹穿上哥哥姐姐以前的衣服，但并非所有人都能欣然地接受。

有一位单身母亲，就在她得知自己身患绝症，剩下时日无

易的感情。

回首青春岁月，我们似乎都做过疯狂的事情，想轰轰烈烈去爱一场，想逃课去看演唱会，想与死党去陌生的城市探索旅行，想挑战那些自己无法做到的事情……

可疯狂总有结束的时刻，当一切都归于平淡，再来聆听自己的心，为何会感到阵阵心疼？就如同女生在得知自己被一个男孩子暗恋很久之后，竟然心疼得落下眼泪。记忆中的那个男孩也是如此清晰，难道自己在无形之中曾喜欢过他吗？然而，记忆更迭，到底年少时光里，谁苍白了谁的回忆，谁收藏了谁的青春，谁又无悔了谁的执着。我们没法下结论，只知道，青春就是会伤，就是会痛，每一个人都要学会承受。

在流逝的时光中，很多人都忘记了自己收纳盒里藏着的东西，猛然打开的时候还会怀疑，这真的是我自己的记忆吗？很多当时无法面对的事情，在许久以后看到，心中只是涌起了波澜，不再是当时的狂风暴雨，很多东西能够欣然接受了。

收藏在记忆中的那些东西终究会有被打开的一天，很多你认为不见了的东西，会从收纳盒里找到答案。很多人在搬家的时候会找到以前认为已经丢失了的东西。它们其实没有被丢失，只是默默地待在那里等待有一天你能够将它发现。

每个女人的收纳盒里所收藏的那些东西，都会让她会心一笑，怀念万分。而收纳盒里所收藏的记忆，竟然成了一个人的专属秘密。如果说每个男人的心中都住着一个女人，那么，每个女人心中的收纳盒里究竟放着怎样的故事？

# 人人都爱小王子

童话大师安徒生在他的自传《真爱让我如此幸福》中写道："人生就是一个童话。我的人生也是一个童话。这个童话充满了流浪的艰辛和执着追求的曲折。我的一生居无定所，我的心灵漂泊无依，童话是我流浪一生的阿拉丁神灯！"

不管我们是否承认，在我们心里，都住着另一个自己，都拥有一个属于自己的童话。在那个童话的世界里，她或许忧伤，或许快乐，但一定有着幸福的表情。

在童话的世界里，每个人都能找到自己的角色。慢慢地，我们变得不再相信童话，忙碌于生活的人，会忘记童真的味道，也忘记了如何去表达爱。

同事每天都在我的对面吼着："我要保持青春，我要长生不老，我不要皱纹！"其实保持年轻并不需要各种保养品和口号，而是一颗充满童真的心。

《小王子》的作者安东尼在自序中写道："请孩子们原谅我吧，这本书献给了一个大人。"作者安东尼说这是一本写给成人的小说，以讲故事的形式娓娓诉说小王子在旅途中的事情，同时向世人们展示了世界上美好的东西，引人深思。

安东尼认为灵性、纯真、执着和爱情是世界上最美妙的东西，而成人坚硬的心却将这些东西拒在了心门之外，于是，世界上又多了许许多多可怜的人。

小王子见到的人，我们在生活中时常见到。与自己的心灵越走越远的人，听不见来自内心的呼唤，只是功利地不断追求，越来越觉得肩上的担子沉重，负荷吃力，找不到通往幸福的方向。

小王子的星球上有一朵玫瑰，那是他最钟爱的花儿。当他来到地球的时候，在一座盛开的花园里，他见到了有五千多枝一模一样的玫瑰，每一朵都跟他的那朵玫瑰一样。小王子哭了，他曾经以为他的玫瑰是独一无二的。这时候有一只狐狸走近小王子，希望小王子能够驯养他。

驯养是一种建立感情的方式。小狐狸说："你没有驯养我，你对我而言只是一个普通的男孩子，就跟世界上的所有的男孩子一样。在生活中，我不需要你，你也不需要我。而如果你驯养了我，我们就会互相需要，你对我来说是世界上唯一的，而我也是一样。"听到狐狸这么说，他明白了在他星球上的玫瑰对他而言是独一无二的，因为自己被她"驯养"了，所以他的玫瑰比这花园里的五千朵玫瑰还要漂亮。狐狸还非常有诗意地告诉小王子："我不喜欢麦子，我讨厌吃面包，但是既然你驯养了我，我就渐渐喜欢上风吹过麦田的声音。麦子金黄的颜色让我想到了你。”

多么浅显的道理，然而作为“都市客”的我们却很少会发觉。在别人眼中，你喜欢的这个人只是个普通的人，但对你而言，他却是个不能代替的世界。抱着爱屋及乌的心情，那些凡是与自己爱的人有关的东西，似乎都能引起我们的无限遐想。

看着那些每天都在为名利忙碌而行色匆匆的人们，小王子悲哀地感叹道：“也许人们需要的只是一段闲下来的时间，像小时候那样。”我们正在用欲望埋葬着童年时期的幻想，那些丰富的可贵的想象力，就在这忙碌之间，随着时光远去，永不回来。而我们正变成了一个个没有思想的塑料制品，甚至可以一个个复制……

没有了童心，对周围的事物也渐渐变得麻木起来，没有儿时的热情，没有儿时的活泼，没有儿时的单纯，自己变得越来越不像自己。

曾经为了一首歌、一部电影、一部电视剧伤感半天，心情久久不能平复。一本装满感动记忆的书，一个影响自己的童话故事，一次咖啡店与暗恋的他的偶遇都会让自己的心起了波动。可是现在发现我们没有那样自由的时间去电影院看一场电影了，没有了对文字的感动，也失去了那个将自己的心撞得怦怦乱跳的对象……成长的过程中，我们失去得太多。

拥有童真的心态，是一种看清生命的豁达，在每个人的内心深处，都有一份关于童年孩提时代的宝贵记忆，如同璀璨的夏空一样，闪烁在心中。

在这个城市里，在我所熟悉的街区，我把自己伪装成一个坚强的女人，只有街角的那些孩子才能让我短暂地快乐，重新审视生活的种种乐趣。

常常怀念小时候，那些陪着小朋友看童话的时光，自己还能用稚嫩的童声念叨着：“灰姑娘好可怜啊，白雪公主的继母真可恨！”

在那新奇的故事中，在那单纯美好的岁月里，童话陪伴着我们走过了童年。据说，只有相信童话的女人，她的生活才能继续上演美好，才能抹去我们心灵上那一层淡淡的灰层。

我轻轻告诉自己要像那些童话里的女孩子一样，永远勇敢，永远靠自己。在我种植的这颗梦的种子里，我正在虔诚地等待着它发芽和开花……而在这过程中，我相信，等待也会迎来一切美好的事物。

# 第四章

# 心有所念，不负光阴

写字和画画都是一场旅行。它们可以带着我们的灵魂到很远的地方，不是为了看风景，而是为了在天地尽头同自己谈谈。

# 曾为你做的最浪漫的事，变成后来最傻的事

爱情是一种怪事/我开始全身不受控制/爱情是一种本事/我开始连自己都不是/为你我做了太多的傻事/第一件就是为你写诗/为你写诗为你静止/为你做不可能的事/为你我学会弹琴写词……

曾为你做的最浪漫的事，变成后来最傻的事。

若感情总是这样计较多少，那么幸福总是残缺的，因为在一开始就以完美作为目标去寻找它，到后来就会变成不停实践的任务，评价的标准都会模糊。

爱，有时候简单得就是几个音符，你可以轻轻哼唱，不必担心曲调不够华丽，歌词不够精致，它唱的是眼角眉梢的笑意，唱的是你温暖美好的故事。

美好的故事便是如此，不一定轰轰烈烈，却动人。就像童话中讲述的一样，爱情里总会有勇敢的骑士和深情的公主。爱，简单没有附加任何的要求；爱，可以不受世俗一丝尘染，像孩子般纯净无邪；甚至爱，除了深深地扯在手里，还可以静静埋在心底，化为一份不加痕迹的守候。

这样美好的情感，只是为爱而爱，存在在爱的存在，不去想未来必须要走到什么样的境地，他只想着让她快乐一点，他眼底有一首流动的歌曲，即使是单调重复爱情，也委婉入心。

也因为如此，爱情也越过时间的有效期，永久鲜活。

当然，很多人会认为这样简单的爱情估计只存在在电影中吧。生活太多抉择，太多附加条件，以至于爱只能那么少。

但，这可能是你心里的爱在冬眠。

我曾住在一个四合院里，大雪纷飞的早晨，雪堆积得厚厚的，不得不早起扫雪。那时总有个男生在我身边也默默在冬天里扫雪。后来熟悉了，我才知道他是为暗恋的女生清扫着门口的积雪。

有一天我问他，她知道这是你为她做的吗？

他摇摇头。

我有些不理解，不由得问道：“为什么不等着被发现？”

他笑得腼腆，眼神却坚毅：“我只是想为她做一点事情，不需要被知道。我不是为了被她回报才去爱她的，是因为爱她才想着为她做一些事情。如果她恰好也爱上我，那么就是爱的额外惊喜，如果她心里有另外喜欢的人，我也可以默默以这样的方式让她感觉快乐，不会变成悲情演出，这就够了。”

就是这样简单而低调的爱情，不知道后来女孩有没有回复男生的深情，但那又如何呢，付出和收获一定要收支平衡吗？

更多的时候，如果一个人心甘情愿去做一件事，那么就会变得格外简单，在付出的同时，也在收获着另一种喜悦。

爱情本该就是这样，不计较，便可以得到另外的回报。

不论是一卷爱的日记，还是一堂爱的练习发声，只要简单，都可以是放在回忆里对望沧桑。

# 别让时间遮盖了心里那首歌

总觉得有些爱，是需要静默不语，静静观赏。

那些从一出生便流进血液中的永久，不似爱情甜蜜，不如友情洒脱，它就在那里，左心房右心室中稳稳跳动着。

呼吸一样的存在，无须添上几笔来证实它的不凡，活着就是生活的一种礼赞。

爸爸，妈妈，两个多么温暖的称呼，小时候就像紧箍咒一样，念叨不停这两个名字。下课回家，第一件事就是喊妈妈；妈妈不在家，便是对着爸爸问：妈妈去哪里了？

但细细去看这段情感关系脉络，不知道是不是在家庭中扮演的角色决定，多数时候，我们更容易对妈妈表达出爱意，而对父亲荒废表达。

工作后的第二年，我开始不那么紧张，懂得自由分配时间，不再是疯狂的工作狂。回家时候，跟妈妈商讨周末出去做些什么娱乐。她眼里有期待地悄声说：“要不去唱歌吧，你爸可是金嗓子。”

这可着实让我讶异了一番，原来平时总是谈论时事政治、经济动态的爸爸，也是一个爱唱歌的人。

半信半疑下，我定了唱歌的包厢。全家人出现在KTV里，妈妈灵巧地点了好些歌，果然爸爸一路抱着麦克风深情演唱，截然不同于平时严肃的表情，俨然是个麦霸。

一首歌唱完，另一首歌便紧挨着，就像爸爸的个人演唱会开始了，在座的我们会报以热烈的掌声。

过了一会儿，妈妈给我使了一个眼色，示意下一首歌让我来唱，当我还有些纳闷的时候，下一首歌便开头了，是筷子兄弟的《父亲》那首歌。

歌声一开始，四周静悄悄的，连呼吸声都清晰。我就那样盯着屏幕，看着字幕跟着音乐缓缓流动着，那一刻心中充满了别样的情感。

“总是向你索取，却不曾说谢谢你，直到长大以后才懂得你不容易，每次离开总是装作轻松的样子，微笑着说回去吧，转身泪湿眼底，多想和从前一样，牵你温暖手掌……”

望着屏幕慢慢唱着歌，不经意看见身旁的爸爸红了眼眶。

当我开口唱到：“我是你的骄傲吗？还在为我而担心吗？你牵挂的孩子啊，长大了……”

手心的那一枚太阳似乎明白了些什么，放出了耀眼而温暖的光芒。不论时间隔了多久，空间隔了多遥远，总有些东西天长地久，为了验证情感的延续。

很少表达出那种对父母的爱意，就借着歌声缓缓地流淌出来，带着那种温暖而急切的心情，将爱温暖讲述，让有爱的人心中都能听见被爱的音符。

这样的歌静静流淌在心里的某个角落，开出美好而低调的花儿。

生活不需要繁复的过程，它只需要一个微笑绽放的勇敢，耕耘出一朵花开的时光。

不必为生活遗憾，如果完美，那叫作精彩绝伦，如果残缺，那叫作特殊经历。

有时候，往往在最困难的时候，才能听见自己内心的强大。

任何时间里，都不能轻易放弃自己想要发出美好音符的希望，心里有首歌，唱着奏着，可能没有广大的观众，在音乐国度里，它仅仅属于一个初级练习曲。可是那又如何，我们不能因此而将它埋没在角落，不认真聆听它。

假以时日，这段悄然无声的音乐，会慢慢地奏出它的独一无二和无可替代，变为长久人生历程中的一个见证，一场美丽邂逅。

小心呵护心里的那首歌，别让时光尘埃蒙上它，别让寂寞吞噬它，别让浮躁贬值它，守着一个梦境，只有梦的勇士可以听见，好生继续。

# ╱ 被绑架的人生

文字，可以让一个人的心灵在最荒芜的时候，遇见最美好的事物。

一点点呵护，花儿便可以翘盼出春天的姿态来。这是文字的土壤。

深夜时分，窝着一方小小净土，静卧或者沉思，都可以缠绵出温暖的眠床供思绪的沼泽在里面渐渐冬眠，苏醒出第一抹阳光的明媚。

就在这样的王国里，无须矫情地修饰微笑，无须对望无趣人事，只需要简单地把思维藏进字里行间，探索另一片新天地，安心放置那些无法言说的孤寂，妥善保管那些悲伤愤懑的委屈。

世界一下子空灵了。

不论你的生活如何卑贱，你要面对它生活，不要躲避它，更别用恶言咒骂它。它不像你那样坏。你最富有的时候，倒是看似最穷。爱找缺点的人就是到天堂里也能找到缺点。夕阳反射在济贫院的窗上，像身在富户人家窗上一样光亮；在那门前，积雪同在早春融化。

——亨利·大卫·梭罗

不是华丽词汇堆砌，不是漂亮音符累积，如果这一些存在都失去了灵魂的组织，那只能是一种拖沓无用的描述，无法深抵人心，只能慌张地在别人眼里一晃而过，那不是文字。

那是一种掩饰，一种伪装，像小孩遮起眼眸假装看不见别人的眼一样稚气。

有时一句简单话语就能直达心里的曲径幽处，不需要费力地讨好，温暖的微笑，或者是绝望的泪水，都是文字所传达出的情绪。

每个人都是有故事的。故事的内容深浅不一。

忙着逛街，在疯狂购物中消费，买更加多的物质来填补精神的缺失，在奋力填补中，空的位置越加大，狂风暴雨奔涌而入，灵魂就遭遇无休止的灾难，不知何时可以完结。

在酒绿灯红里认识新的朋友，吃喝玩乐一起，唯不会一同诉说生活的细枝末节。仿佛彼此都是随意可以替代的，灵魂间没有沟通的桥梁，若有一天，换了联系方式，那么断了也就断了。

不要再拿新的花样来折腾自己了，灵魂并不会愉悦起来，只会越加萧条，可怜如废墟，一点点的风吹草动便会心惊肉跳，把手头上拥有的东西，抓得紧紧的，不料在某天全盘失去了。

没有诉说的人生，是一个密封仅仅剩下开口的瓶子，只能接受命运倾倒而下的液体，无法流动，无法凝听，静止在某一片时光的海洋里。

生命成为断层。

此时，心里仿佛藏着一个童真的小孩，不经意间的稚气，只有自己知晓，没有分享的喜悦，没有细说心灵叮咛的冲动，只有捕捉不确定的片段。

快乐无法长久，无法拥有真正的灵魂。

天气晴朗，便是明媚一天，嘴角含笑；若是暴雨忽至，悲从中来，皱纹成川。不小心就被生活左右了。

不思不想不问不答，生活成了只进不出的闭关状态，感受不到春天鸟鸣的期待，逾越不了冬天冰冷的街道，颓废在深秋落叶缤纷的伤感中，把人生绑在一棵歪脖子树上。

等待时光苍老，好把内心的废山河全然倾倒而出，待时光慢走到那一步，早已忘记过去那些曾经想要言说的故事了。

我只想温柔告诉你，任何时刻都不要放弃写字的能力，这是一个人拥有快乐和安宁内心的一把钥匙。

在某个明媚的下午，喝上一盏淡雅的玫瑰花茶，茶香味漫开一屋子的芬芳，脑海里开始跃跃欲试一些故事的棱角，久藏于心的情绪就要漫涨而出，这时候需要一支笔，一张纸，就静静低头，时而微笑，时而悲伤，慢慢写着。

静静把思绪停泊在深秋林间大道的静好里，和灵魂的自己邂逅，安然地相互聆听，她诉说梦想，你抱怨人生，在纸和笔的交融间，细细低语，或者高声嘹亮。

在固有的区域里，平缓地将心里的琐碎搁置在文字的格子间，灵魂一点点被装扮起来，不至于贫瘠和空荡，只有内心富足，才能不畏惧贫穷的生活。

潮湿的心情搁在心里泛滥多了，就会长出难以去除的痕迹，如野草一旦被忽视，就会疯狂地占据整片土地。

不时地写下片段，或者大片文字，不为了华丽讲述，只为了完整叙述那一刻的状态，不论好坏，都是灵魂的重新归位。

写字让人自由。自由拥有自己的灵魂。有时候人走得太急了，而灵魂还在原地徘徊，得学会沉淀下一些时光的线条，让灵魂慢慢地追上来，再一起远行。

文字，就是让你更加了解自己的内心，让你更明白未来的路途，让你深知自己拥有的那些美好和缺憾，让你有光明可以寻觅。

走在天空之下，心能开出湛蓝色的花，舒展开岁月的歌，每一声都是吟咏。

# 把时间浪费在美好的事物上 ＼

生活在你的世界里处于什么样的位置。它是最珍贵的宝物，还是只是一只顺其自然的舟。

不论在生命的哪段历程，拥有一个可靠而温暖的爱好，总有着特别浪漫的意义。

手工是一门需要花费时间、精力和金钱的爱好，同时也是能让人在时间里静静消磨，把心沉淀下来的艺术。

从小，我便钟情于手工制作，当时家里并不富有，每当过年之际，妈妈总会买来一些漂亮鲜艳的布匹，对着我们的身材比对，为我们缝制新衣裳。

对我而言最快乐的事情还不是穿上那件新衣服，而是看着妈妈认真为我缝制衣服的那种温柔的专注。那一定是世界上最美丽的画面了，以至于不管过去多久，想起这件事，那份感动总会暖暖地流过心头。

或者是受到这样的感染，我总心存对手工的热情。

小时候，亲手缝过很多东西，比如破掉的裤子和袜子，一开始常常补得像儿童画里的涂鸦，线条错综而好笑，就算是缝好了，也会被妈妈笑着拆掉，重新缝补。

记得有一回，因为担心妈妈发现我缝好的裤子，又会重新加工，很可能就破坏我第二天向好朋友炫耀手工的机会，于是我偷偷把那条缝好的裤子藏在被子底下。

第二天，一早我就爬起床，穿着那条裤子兴冲冲地出门了。

上了两节课后，我不得不请假提前回家，因为上完第一节体育课后，裤子就发出爆裂的声音，线就散开了，露出了一个尴尬的窟窿。

惹得周围的同学都哈哈大笑，有些败兴而归的感觉，特别委屈。

当晚，妈妈坐在我旁边，将我的裤子剪下一部分，分成几个小方块布，按着四边形缝合了其中的三边，再将它翻个身，倒入沙子，再缝上口，就变为了小沙包。

而将茶叶放入里面，缝起来就是一个茶包。香囊的也如法炮制。

我有些惊奇。妈妈笑着告诉我："手工就是一种情绪，只有用心去做，才能够让线和针随心所欲地进行。人就像包里放的东西，不同的内里也就有了不同的存在意义，要为自己的心找到合适的馅，这样才能做真实的自己。”

就是因为这样的启蒙，我开始动手制作手工，也发现生活中有很多普通的事物都是可以被加工，制成各种可爱的模样。

当时有一种日本洋娃娃特别可爱，我见同学家有一只，便动手把它的模样画了下来，回家后，我找出了破旧不穿的衣服，将它们按心里想好的分配出来，剪出形状，再一点一点缝制出来，再将不用的棉絮拿一些放进娃娃里，就变成了一只可爱的洋娃娃。

同学们都特别羡慕我有这样的娃娃，于是我便又为她们缝制了几只，快乐是需要分享的，在分享的过程中，似乎快乐的甜蜜也变得更大了。

手工让我懂得，有些快乐并非金钱可以购买到的，那是需要耐心编织，才能酝酿而成的从心里散发出来的快乐。

不自觉就在生活中养成了一种发现美的习惯。遇上好看的包包、可爱的玩偶或者是布艺品，都会忍不住细心观察起来，判断它是如何制造出来的，在脑里勾勒好制作说明。

回家后，立即就拿出小宝贝箱子，开始进行劳作。

手工制作出来的东西也常被朋友誉为独一无二的宝贝，深受欢迎。

做手工时，那种幸福的感觉油然而生，一个人浮躁的心跟着手里忙碌的线而宁静下来，此刻，我的不慌不忙就跟随穿针引线散落了一地阳光，那么自然，一如岁月划过的痕迹。

对待生命中每一件事物，都要心存温柔，那种跟随着手工制作东西慢慢涌进心里的清新和自然，不仅有动手的快乐，疲惫似乎也被削减了，只剩下对生活的热爱和乐观。

心里那些美好的事物全部都不吝啬地呈现出爱的轮廓，在手指舞蹈间去审视生命中的美好和点滴，提醒自己，快乐和幸福的样子。

日子匆忙地过着，或许冷不丁地就与很多美好事物擦肩而过。故而我们要时刻准备好最佳状态的自己，准备好与美好事物相遇。

学习编织一些手工，可以提升自己的状态，选一小段空闲的时光，拿上几块旧了的布料，还需要针和线，就可以开始手工小制作了。

超级可爱的玩具小挂件，找好制作的材料，选好图案，剪下图形，一针一线缝制，很快就可以完工了。一只温暖的小动物就这样出炉了。

快乐就在简单的手工制作过程中立等可取。内心即使在一片喧嚣中，也能找到安宁的声响，那种巨大的沉默、巨大的安宁。还有什么不快乐的？

幸福可以很近，幸福是爱，是暖，是简单的心，是知足的状态。这样便够了。

## ╱ 这样的孩子气，不是幼稚

安妮宝贝说：“快乐是一种独立的精神状态，只能在自己心中培养，不能靠别人给予。最健康的爱是这样的——你自身已经感到圆满，把你对自己的爱延伸到别人身上。”

这话我很认同。常听别人念叨因为爱的人不快乐，所以他就不幸福。

如此看来，似乎该为他的深情喝彩，但我心里着实升腾不起这样的赞誉。把别人的心装进我们的心房里，那会破坏秩序的，交通太拥挤了。

当然，你可以为了Ta的快乐和不快乐负责，但前提是不论如何，你要有一颗快乐的心，这样你才能有多余的精力来为Ta的情绪埋单。

有没有发觉，人越长大越孤单？

这其实本不应该是长大的代价，可是却不由自主地在生活中走出崎岖，快乐的分量总是一点点。

听说，我们心里住着两个掌管情绪的天使。一个是孩子，把关着天真烂漫；另一个则是老人，把持着责任压力。

“我看不见你灿烂的笑脸，我想问问你心里的那个孩子，他睡着了吗？”

每当我陷入生活中的纠结，我总是这样问自己。

接着，我就会做一些取悦自己的事情，比如看动画片《樱桃小丸子》，跟着里面的故事情节愉快地放逐情绪。

常有人看见我狂笑不已，便奔来瞧个究竟，一看见是动画片，立马嗤之以鼻，大喊幼稚，摇头晃脑地走掉。

其实你看过小丸子，却不一定看懂了小丸子。

“脾气不能不发，宁可丢坏书本，不能憋坏身体。”

“民主当然是要忍受自己看不惯的事情了，不然会被人当成野狗乱汪汪。”

“心满意足享受每一点快乐，是走向幸福的唯一途径。”

“在有档次的餐厅吃饭，却尽说些没有档次的话，如果盘子里的鱼听到了，没死也得给气死了。”

“女人就喜欢胡思乱想，好听点说叫心细如发，另一种说法叫庸人自扰！”

“摔跤虽然疼，但看着别人一起摔，似乎疼痛也被人分担了一些！”

……

这些都是动画片中出现的语录，如果你真的看懂了，还会觉得幼稚吗？

它其实是一种生活状态的呈现，单纯就应该如小孩一般，一定最擅长丢掉包袱，绽开笑容，常常用撒娇来试探周遭人的情绪，这样简单明亮的情绪会使我们深受感染，跟着去笑、去哭。

而心中那个单纯小孩所走过的路，不正是我们也经过的童年吗？

那些曾经童真而美好的年岁，一股脑儿地都奔涌而来，就在这样的安全环境里，好好地脆弱一把，也安静地聆听一个人内心的声音，无忧无虑。

每次想起小时候的时光，心里都不由得感慨，那些年的日子是那样美好，当时却浑然不觉。只记得当时特别热烈期盼着口红和高跟鞋，希望赶快长大然后远走高飞，去一个没有人认识自己的地方。

每个人的童年里不仅有彩色，也一定有黑白灰。走惯了平铺大道后，也总会遇到山弯十八绕。遇见一些人，约定了美好的永远在一起，最后还是各奔天涯，各自安好。

那一年的时光，就像旋转木马里不停歇的快乐歌曲，木马在跳舞，而我们也在里面演绎生动的悲欢离合。

想起一句话："在我们每一个人的内心深处，都藏着一个人，每次想起他的时候，会觉得有一点点心痛，但我们依然愿意把他留在心底。就算今天，我们不知道他在哪里，他在做些什么，但至少知道，是他让我了解什么是初恋这件小事。"

这句话让我突然认真地翻看起我的过去，那段长长的时光里，暗恋过的人，努力过的事情，发现其实那些都并非是徒劳无功的。

因为心里种着一颗爱恋的种子，于是努力把自己的美好一面呈现出来，只为了有一个瞬间被他遇见。

因为努力熬夜奋斗，去达到想要的目标，就在那个过程中肯定了自己，也将自己变成了一个更好的人。

这一切的事情将回忆变得更加美好。

关于岁月里那些暗涌的喜欢，悄悄地埋在时光里，但是这样也刚刚好，在时光里埋下的爱情线索，总是有迹可循。即使后来是再也回不去的时光，也会变为最美好的存在。它是不会逝去的，永远保存在那里，不管经过多少沧桑变化，只要回忆拍拍你的肩膀，转身就可以跟那些回忆相拥，痛哭或者大笑。

孩子气，其实是我们身体的保护膜，它呵护着心灵的健康成长，电视里贩卖新的玩具，我们再也玩不了了，就和内心的小孩玩耍吧。把那些关于大人的事情全都交付给它，让它告诉你人生的快乐其实是什么样的，要从什么角度去看待生活，从自己的心灵去张望世界。

在回忆里找到的那些孩子气，其实都是我们最珍贵的礼物。

它们就代表着那些年那些美好的事物，也提醒着我们不要再忘记那些途径生命的美好体验。

在天真的国度里，什么都可以是好的。这样的世界最珍贵，不要以全世界都是坏人的世界观去定夺世界，那么所得到的快乐和情感也会更加纯粹一些。

杜拉斯说："十八岁开始苍老。"

其实老的不是容颜，是心态。当你内心的孩子气死掉了之后，它便只能被老人统领着，那些古老的传统教条会如狼似虎地扑倒你的脆弱神经。

大胆天真地快乐吧，把自己当成小傻瓜，那么就用傻瓜的态度乐见其成地看待事物的变化，不会过分惆怅，不会一个劲地往悲伤里钻。

“我不想跟你好了。”“我们和好吧。”

小朋友的交友法则：喜欢就聚，不欢便散。

不管朋友做错什么，都可以立即发泄情绪，带着特有的任性将感觉发挥淋漓。这段友谊破裂了，可是只消一个夜晚时间，彼此眼神对焦，简单笑容，什么事情又都风淡云清了。如果对待朋友一直都有着这样的态度，简单而友好。

当然生活中有些只能当成熟人，而非朋友。

我曾见过两个非常要好的朋友背地里互相攻击着。其实不过是因为另一个人借了一百元，后来忘了归还。而在某一天，另一个朋友帮他支付了一件一百一十元的衣服，他只拿给朋友十元，并提醒说着很久以前欠下的一百元。

就这样，一段友谊毁了。

没有一段友谊是完美无瑕的，这真理小朋友早已懂得，而我们却忘了。

如果是孩子，那么这样的事情，一句话就可以说出，大大方方地提出归还，即使有片刻的不适，转瞬也泰然了。

也不会有后来的某个人将这个毒菌埋在心里，慢慢发酵，使友谊病入膏肓。

人生没有如果，只有结果和后果。倘若你想要快乐的人生，无论如何，请照顾好你内心的那个孩子。

为什么真正幸福的人，
总是不炫耀拥有的幸福？
因为，
幸福就是——
不对比。

一个人，若从未穿上别人的鞋子
走上远远的一段路，
他便无法感同身受地
去了解另一个人的思想。

藏起来，并不代表忘记了，
但是一旦决定藏起来，就不要总去翻起。

最该取悦的那个人，
从来都不是喜欢你或者被你喜欢的人，
而是那个无可取代的你自己。

心平静，

生活才能有所不同。

一个人的成熟，
不是年岁增长后对世界的认知，而是明白了世界的态度后，
仍然可以在人群里找到自己的呼吸，
与心底的欲望和平共处。

在一个人的一生中，

过得最认真的与走得最急促的，

往往都是与青春有关的日子。

时间里的误会

终会被澄清，

日记本成了很重要的线索。

当灵魂需要一个夏天，
你是否会为之拼了命努力？

总有些美好，

时光带不走。

晚风下的这座城市，
好像不曾改变。

平淡的绿，也能美得这般风姿绰约，
美得让人忽视了阳光的味道。

果实的成熟
需要养分；
人的成熟
离不开那些不想说的事。

你只需站在高处，

再难的处境都仍有选择。

# 抽屉里的日记本 ＼

准备搬家的一个夜里，我埋头进行浩大的物件整理中，不小心翻出了儿时的日记本。那种感觉就好似与旧日好友在某个下雨天在咖啡厅里重逢，就着咖啡香气，诉说着衷肠，阳光暖暖地落在身上，一切都安恬宁静。

忘了多久没有写过日记，那似乎是很久以前的事情。在许多秘密夹生的青春里，日记成为了避风港，虽然在一些不经意的瞬间也可能是一种不安全的存在。

日记本=秘密基地。这一个定义不知道从何时开始便生效了。

如今看来，有些东西随着时间推移，也渐渐变得可有可无，有些人被时间剔除，也渐渐变成了陌生人。

感情是这样的，经不起太长时间的冷落。

而有些剧情之所以发生是因为空间和时间的错位，疏远而后遗忘是必然。事物更迭中，许多过往都要为现在腾出空间来装下故事。

总有一些事情是心头的秘密，埋在时光的角落里，等着被挖掘。

在心里深藏起的那些秘密，被记住的不一定是事情的真相。而岁月就这样不经意地藏起了这些谜题，等到我们再回头翻看回忆的时候，才会悄然发现真相原来如此。

时间里的误会终会被澄清，日记本成了很重要的线索，令一切有了明亮的转折，双方在彼此了解和靠近，而过去的伤痛或困惑也慢慢地化为平静。

仔细想想，我们总是容易因为控制不住自己的情绪，而伤害身边最亲近的人。这才是最残酷的事情，而这样的事情往往都是一场误会或放纵所造成的。

太多语言蓄而不发，就会堆积成许多秘密，将情感冻结成冰，不到太阳出来，不可能融化。

我们害怕灵魂狼狈的那一刻被发现，索性若无其事地忍耐和不停微笑着。

抽屉里的日记本，藏着的或许不是我们的秘密，而是我们的脆弱。

生活中有太多的情绪堆积，每天大脑要处理成千上万种情绪。比如信息、语言以及图像。

因而，巨大的工作量让它常会出现脆弱和疲倦的神经衰老。

社会认知神经学家马修·利伯曼提出语言文字就是大脑压力调节的钥匙。他认为当我们将情感植入文字的时候，大脑就会启动自我情绪控制，这也是人们为什么在心情很糟糕的时候会潜意识地选择写日记。这不是他们用来自欺欺人的工具，也不是用来克服负面情绪的工具，它只是为我们的情感贴上标签的一种途径。

态度是非常神奇的力量，它就栖息在我们大脑深处，支配着思想的走向，控制我们的行动和情感，也往往通过笔和纸来传递信息。

当我们的生活进入一个尴尬的境地，或者没有很好的生活态度，总是在情绪上波动着，这时候，将情绪化为纸上流动的文字，便是在给混乱的生活来个情绪急刹车。

坚持是一个漫长的过程，最好的状态是，我们并不赶时间。

古老的人类智慧告诉我们，好记性不如烂笔头。脑里纠结的事物倘若一直搁置在脑海里，便会渐渐失真，混淆判断能力，就像瘟疫病菌，迅速扩散开来，将我们的情感统统赶到一个小黑屋里，挤在一起的思维无法正常运作，于是很多事情都失控了。

我曾有个巧妙的情绪对抗法则，我将情绪分门别类，把其中的秘密讲述给不同人听，托他们保管。

这样一来，原本在我脑海里的那些沟壑，突然间被填补上了，成为一片平地。而有一天我赫然发现平地上面没有绿色植被，当有一块平地沦陷的时候，我的秘密就会被挖出一部分，飘散在空中。

有了这样的警示后，我转而向书写进军。提笔写字的时候，一开始笔墨如流水一般畅快，渐渐地它慢了下来，好久才出现几个字，到后来，字迹已经难以辨认。

而心里那些可能荒芜的念头，全部都被丢弃在这个妥善的世界里，或是温存或是冷漠，我只知道在书写的过程中，我的灵魂获得了从未曾有过的安宁和放松。

它们不再是年幼时期，躲着藏进被子底下的秘密日记，生怕被别人发现了，会将我看个透明，那一刻我会像站在聚光灯下的小丑，写满委屈，又不能落泪。

此刻的它们会平静地同我交谈对话，静静放下我的情绪，也督促我进行情绪上的心灵助手。我们是平等而自由的。

我可以将本子随意放置，也不必担心其中的秘密会被别人知晓。但是日记本里一定会有许多的温暖而美好的故事存在。

记录曾经的美满是一件格外幸福的事，不需要将生气、悲伤、愤怒的事情统统伪善为快乐的事，而是从生活中找寻那些快乐的片段，记下来，提醒自己不快乐的时候，要快快进行快乐的加油。

生命与美好事物间的对话，是需要被记录的。那种喜欢，不能是孤掌难鸣的寂寥，它非内心的独角戏，它是生动的清新演出，有回应生命的存在，这对于快乐而言，非常重要。

快乐绝非是生活的全部，却是人生中非常关键的味道。

任何时候，都不要轻易地将悲伤、难过这类负面情绪当成秘密收藏起来，该为美好腾出足够的空间，让爱住进心房，铺开一地的秘密应该是随时可以感染别人的快乐。

总是期待着一场逃离，一场相遇，在百转千回之间，遇到未知的自己，所以迟迟不肯将自己的心安放在此处。可是当真的到达了，是不是又会有新的厌烦、新的期待、新的出走和离开？

## ／接受青春的盛情邀约

美丽而绚烂的向日葵在太阳底下耀眼着，它的花朵下也有细小的阴影。

每个人的成长都会有一些与幸福背道而驰的经历。可能你会在某个午夜时分，深深为自己默默落泪；会在某个雨后的清晨醒来后，为自己怅然失落。

成长就是一个得到和失去的过程。而成熟是接过时间留下的痕迹，不哭不闹，安然地承担所有过去埋下的果。

关于成长和成熟，从孩童到成人，这是完美和真实之间的扑朔迷离，一路奔向青春，那是一张买了不能退的船票。

时间会像一把小刀，在把自己的青春雕琢得淋漓尽致的同时，也一点一点地消磨它，侵蚀它。懵懂的我们还天真地以为，阳光只是折了翅的天使，含着美丽的光环停驻在窗台喘息而已，只要抓住，就能获得光明。

然而，夜幕悄然降临，斑斑点点缀着朦胧星挂着轮惨白月，才豁然明白到岁月早已打算把青春的斑驳印迹从我们心里抹掉。

恍惚不知如何是好，我们在青春中左右躲闪着时间的侵蚀，每一次都会伤痕累累地趴下，可内心又无法抗拒这份特殊的洗礼，喘息完又会马上燃起青春独有的叛逆。

我们习惯把这种成长，叫做刻在心灵上的伤痕。我们会迷惘，却得不到帮助，因为不同的人正在希望我们成为不同的角色。也许有的人在成长中，满载了父辈们的梦想，他们过去未完成的遗憾，通通移交到了我们身上。

也有一些人，成长里只能沿着既定的角色行走，在所有人眼里，我们只能扮演乖孩子的形象，天真、纯洁、听话。

我们不知道成长需要付出的代价，以为自己不过是只受了惊的鹰，在青春的苍穹下滑翔，拼命寻找可以歇息的枯枝，我们只把这些所谓的困惑与苦恼，当作是青春正在捉弄着自己华丽的“羽裳”，让它在烈日下暴晒，让它在急雨中打湿，然后，我们就会慢慢成长。

殊不知，我们根本还没找到属于自己的位置，我们还没找到应该如何正视青春，迎接青春的方向。

成长会痛，或重或轻，都会痛。但是，我们不能拒绝它的邀请，因为再痛，也会化作勇气与利刃，斩断苦难的荆棘。

就像片片花瓣被硬生生地折下，咬牙忍着，换来的会是硕果累累；就像纷飞的蒲公英，承受了骨肉分离的苦难，坚持飞上蓝天，才有了落地生根的重生；就像受尽嘲笑的毛毛虫，忍住了身体撕裂般的痛苦，才有了最后的破茧成蝶。

我们无法在穿越一条黑暗的走道时不慌张，正如我们无法在香花萦绕的地方感到悲伤，每一次灵魂的成长，都是对生命的献礼。

一个人的成熟，不是年岁增长后对世界的认知，而是明白了世界的态度后，仍然可以在人群里找到自己的呼吸，与心底的欲望和平共处。

# 第五章 你最美的气质是自由

你一直固执地想要离开的地方，却是别人一直追逐的地方，而你一直追逐的地方，同样有人打包着行李，想要离开。

# 最美的气质，是自由

这条小街，开始到结束，如果迈着不大不小的步子，正好是三百七十二步。

想必是一个人走了太多次，想必是感到无聊了，在那么一次，阵雨初歇，清澈的雨水在坑坑洼洼的石板路上，聚成一面面散落的湖泊，街上偶尔走过打着红伞的女孩，静悄悄地没有了往日的喧嚣。于是，这个无聊的人数着步子，然后推开了街头那家西点店的门。铃儿叮当，温暖的烘焙香气扑面而来。

是谁说过的，想走就走，才是最美的自由。总幻想着，有一天可以拖着粉红色旅行箱，戴一顶大大的草帽，拿一把彩虹伞，向周围的人宣布：我该去环游世界了。然后将一枚闪亮亮的硬币投入公交车，就可以隔着玻璃窗看这条街道越来越远，长长的蜿蜒的火车穿山越岭，终于要把这个三百七十二步的世界，远远地甩开。

不曾自由，因为万水千山都不曾走遍，而出走的愿望总在每个伴着虫鸣的静夜越发强烈。有一个声音说："走吧，走吧，你最美的气质是自由。"

总是觉得，属于自己的世界不在此处，这里的人也不会明白，你的心里装着怎样一个色彩斑斓的世界，那个世界的风，都带着丁香的香气，招一招手，就有一条云一般的船停下，载着你驶向碧海和蓝天，会有海豚的歌声，会有海鸟的舞蹈，会有咸咸的海水跳到你的脸上，你举起海盗的旗帜，大喊一声，嗨，向着宝藏前进！

你固执地想走，想离开这三百七十二步大的世界，你固执地不理会那个每次看到你都叫你黄毛丫头的卖鱼丸的老伯，固执地认为那个掉了漆的绿色邮筒是多么的土气，固执地讨厌那个总在小街上跑来跑去手拿一个纸杯蛋糕的男孩子，固执地鄙视那些为了几株青菜讨价还价的大婶，你觉得他们不应该出现在你的世界，你觉得自己像是在隐姓埋名，等有一天，人们会发现，这个沉默的思想奇怪的姑娘，竟然是个周游世界的大英雄。

可是时光细碎地过去，你每次想走，却都被莫名地牵扯，三百七十二步像是一个咒语，徘徊在现实和自由之间，而你的心，也在一日日的向往里，更加觉得束缚的痛苦，像是有人锁上了你的翅膀，扔掉了你的方向。

听说旅行是一场修行，在这个过程里，人会寻找到真正的自己，并且变得内心平和宁静。而那个早就已经出走的你的灵魂，正在哪个经度和纬度呼喊你？

当看到茱莉亚·罗伯茨不想要小孩，不想要丈夫，决定在旅行中寻找自己，在意大利、印度、巴厘岛，在最美味的比萨和最醇香的美酒之间，在瑜伽与冥想，在清晨第一缕阳光下和挂着潮湿水珠的宁静之间，要求自己的身心合一，不禁会想到，我的身体在这里，那我的灵魂在何处？

似乎总是觉得遥远的地方更美好，就像总是无视身边这家蛋糕店烘焙师傅的用心，时刻幻想着巴黎或者瑞士街头让人流连的美味。因为不在那个地方，所以总是向往，得不到的，总是在骚动，灵魂总在先行一步，而身体却在这三百七十二步的街道中困住了。

然而，何尝没有人向往这个地方。在蛋糕店碰到的，大老远过来吃杏仁曲奇饼的女孩，带着惊讶和赞叹，一如你向往别处的欣喜。那个胖胖的蛋糕师傅带着骄傲的眼神看着你，原来，他号称做出世界上最美味的杏仁曲奇饼的话，不是在吹牛，只是你始终不敢相信，原来你一直拥有着，这样美好的事情，这样温柔的幸运。

你一直固执地想要离开的地方，却是别人一直追逐的地方，而你一直追逐的地方，同样有人打包着行李，想要离开。因为生活得久了，所以再无风景。

从不肯相信自己生活的地方，便是世界的中心。带着朝圣般的心情太久，仰望过太多其他的地方，所以更觉得自己生活得卑微。而离开这个地方的愿望，就在时间的打磨里，变得更加固执。

第一次学着开始注意蛋糕店。擦得透明的玻璃，干净的浅绿色桌布，斜插在清水里的一支太阳花，装满刚出炉的饼干的篮子和红色欲滴的苹果，那个胖胖的师傅转头过来，在烤蛋糕的空隙，挤出一张大大的笑脸。第一次，手里拿到椰蓉面包的时候，那么的心安理得。

店里还是没有手工巧克力，没有入口即化的松露蛋糕，只是一块简简单单的芝士饼，让他做得那么松软可口，温暖着胃和心。

总是期待着一场逃离，一场相遇，在百转千回之间，遇到未知的自己，所以迟迟不肯将自己的心安放在此处。可是当真的到达了，是不是又会有新的厌烦、新的期待、新的出走和离开？永远在路上，有的时候不是奋斗不息，不是追求不止，而是浮躁和不知满足。

期盼着将所有的风景放进二十几岁的人生，囫囵吞枣地咽下，可是又是否真的知道了旅行的意义？旅行是一次又一次梦想的完满，是一次又一次人格的充实，是在平淡生活里给自己的惊喜，而并不是人生的全部。

人生的大部分，在你生活的地方。那里的风景，才是你可以周游的世界，才是你应该去周游的世界。而街角那家蛋糕店里的美食，你是否抱着美好的心情，在一个阳光充沛的午后，用心地品尝过？风景就在此处，唯有用心欣赏，享受当下阳光的宁静。

## 肯听你说梦的人 ＼

当一个人，能够找到肯陪你一起疯狂一起出逃的人，应该会很幸福。伽利略曾经说过："在同样的高度，扔下两个不同重量的物体，它们会同时落地。"

我也很想找一个知己，我愿意和她一起从同一个高度跌下，然后一起出逃去看看这个世界。不为什么，只想提着简单的行李，坚定不移地来一场说走就走的流浪。

一路奇怪的旅行，遇到很多奇怪的人，在一场旅行中，我们互相陪伴，并收获了最真诚的友谊。

与恋人出走是为了爱情，与闺密出走，是为了享受生命。在末班的公交车上共听一首歌，穿越过异国的万家灯火，在空旷的山顶看一次黄昏的日落，听半个世界的风吹过头发，或者就在一个小小的公园，让靴子踩在那铺满落叶的小径之上，在那落叶的尽头，是掉漆的长椅和雕像。

因为有人肯跟自己一起走，所以想走遍所有陌生的地方，认识所有陌生的人，一个人的脚印留在清晨，另一个人的脚印却沐浴了黄昏。当走到一处美景前，除了惊叹之外，不会再有可惜，因为在这瀑布前，在这日落里，在这开满雏菊的山坡上，总有两个人，吵不散，骂不走。

而旅行的本质，又何尝不是一场逃亡。躲开现在的自己，去寻找奇遇和未知，在一个全然陌生的地方，用一个或妩媚或清新的名字，来一场华丽的冒险。

想有这么一个人，你说走，他不问缘由。当你走向逃亡的车站，他已经在远远地等着你，他不会错过和你的任何一场旅行，他陪你在每一场旅行中，寻找更好的自己。

因为他知道，旅行不仅是为了逃亡，为了遗忘，更是为了回来，为了懂得。

一旦了解旅行的本质，一切不过是一场逃离换来的救赎和平静。远走之后，便可以回来继续忍受平淡日子的缺口，像是吃到了天下间最美的美味，便可以忍受接下来一段日子里平淡无奇的食物，仿佛之前和之后所承受的都因为有了这场旅行而值得。

可是，在巴黎或者某个热带的美丽岛屿，过着富足而悠闲的生活，并且有着时间和金钱去环游世界，是几乎所有人的梦想。但是绝大多数的人，依旧不知道在哪个格子间敲击着键盘，在哪个公交车站发呆，在哪条路上焦急地等待绿灯，在某个超市选购打折商品，想着怎样能更节省。不是所有人都能想走就走，不是所有人都能将梦想守候。

于是，很多人的梦想只会在下午三点一刻出现。那是下午茶的时间，一杯奶茶的温度，可以天南海北，可以不着边际，而奶茶的那头懂得倾听你的，很可能是你的闺密，那个如若可以，一定会跟你一起逃亡的女人。

每个人都有一个坚硬的外壳，用来抵挡这个世界的寒冷和绝望，在这熙熙攘攘的人群中我们走得行色匆匆。谁是那个一见面，就大喊你小名的人？谁是那个一见面，就让你不由自主笑出来的人？谁是那个抢你吃的，抢你裙子，还说你是胖子的人？这个世界，总有一个人，可以触碰你壳内柔软的地方。

所以难得的下午茶时光，是说不尽的八卦，道不完的幻想。她在你的眼里是樱花盛开的东京，而你在她的眼里，可能是冰雪神话般的拉普兰大。

不同性格的人，像一座风景不同的城。你知她活泼烂漫，她知你内热外冷。不用语言的交流才是最好的交流，默契，是别人最羡慕不来的东西。

范玮琪的一首歌唱过：“我们一个像夏天一个像秋天，却总能把冬天变成了春天，你拖我离开一场爱的风雪，我背你逃出一次梦的断裂，遇见一个人然后生命全改变，原来不是恋爱才有的情节。”总觉得，拥有闺密一枚的女孩子，比拥有男朋友更幸运，三点一刻的奶茶，必然是和闺密一起才更觉甜蜜。

如果说人生本身就是一场旅行，而平淡则是必经之路。如果我们还不能出发，如果我们要晚些出发，而这其中的难过和心酸，必须要有人倾听的话，不如和闺密一起，用一杯奶茶的时光，寻找存在生命中的力量。

# 最亲爱的绿皮车 ╲

最初关于旅行的记忆是在一列绿皮火车上，一个人随着火车慢悠悠地穿过绿色的原野。那时候的时光总是很长，人们都过着慢一拍的生活，在午后倾斜入车窗的阳光里，连飞舞的灰尘都像是呓语的精灵。

所以那时候的旅行，携带着一网兜水果和鸡蛋就可以上路，火车上交错着橘子和苹果的味道，还有一声声柔软的浅笑，在儿时的记忆里，每当想起，必有一种莫名的感动。

曾经最亲爱的绿皮车，缓缓地穿行在春天的心脏里，那么远的路像是从一个国度到另一个国度，从一个惊喜到另一个惊喜。宝贵的一张照片，不熟悉镜头，不会摆姿势，不会收下巴的人们，笑得如同盛开的葵花。

像是一伸手就够到的下午时光，在舒服的摇椅上回忆一段又一段的旅程，旅行的意义断然不是全在路上，更重要的是停留的时候，束缚的时候，必须落地生根过一段人世平淡生活的时候，那曾经的自由奔走给予你永远向上的力量。

你会发现，对于未知，你总是充满着憧憬与好奇，甚至会以一种近乎欢呼雀跃的姿态去迎接。无论是住进新的旅舍，或是到一个新的地方，只要沿着绿皮车从这个地方经过，那么这个地方对你来说，就没那么陌生；你，也没那么孤单。

所以要慢慢地走，认真地走，即便知道，这个地方不会缺少新的痕迹，去覆盖你有心地或者无意地留下的影子。可是却仍然执意地迈着细碎的步子，在这青砖碎瓦苍苔木门之间。因为你曾来过，即便无人知晓。

生命奔波的节奏越来越快，走马观花拍些摆着V字手势的照片，就算是到此旅行的证据。仿佛旅行的意义全在那博客或者微博之后无数人的欣羡，至于风景的美好是不必挂念的。走走停停，似乎人们总是更在乎走的过程，而对于停下来整理和回忆，总觉得是不太重要的事情。所以妄图周游世界的人，是不是真正明白为什么要周游世界。看遍世界上所有美好的东西的意义又是什么，难道只是为了满足眼睛在第一刻看到时候的惊艳吗？

还记得问一名摄影爱好者，最喜欢哪种型号的照相机。他竟然抛弃自己那一堆昂贵的设备说，最喜欢胶片相机。喜欢去这个城市不知名的街道外拍，上坡的小路，爬满枯藤的墙壁，掉漆的椅子，落叶的橡树，在夕阳下缓步行走的人群，他喜欢这些宁静的东西，都一张张地收在了自己的镜头里。然后回到自己书房改造的小小暗房，进去就是几个小时，在药水里细心地冲洗出一张张图像，他觉得这些图像美得好真实。

某次整理行李，翻出来一个发黄的相册，相册里是小时候的照片。不知道是谁不经意拍摄的，几个小孩子在一丛盛开的迎春花前，害羞地摆着姿势。不太记得这些孩子长大后成了谁，去了哪里，心却在一刹那被触动。

原来，时光已经过了这么多年。

不知道时光究竟在怎样负重前行，那些美丽的青春岁月终成了流年里的惊鸿一瞥，转身回望来时的路，原来已经一个人走了那么久、那么远。

就是在这个时候，突然萌发出不想再走的感觉，愿时光停留，愿自己不再出发。可以安静地停留更是享受人生的另一种方式。登高望远，看海翻山，而在海棠树下坐听风吟，在阳台之上赏看黄昏，冬天看雪，夏天听雨，赞美一朵美了整个下午的云，又何尝不是一种旅行。

以前总希望可以在有生之年走完整个世界，世界那么大，美景那么多，总是逼迫自己不断地行走，快速地行走。可是，老时光的突然出现，使得自己突然改变这个念头，开始希望自己走得慢一点，希望自己的灵魂能够跟得上自己的脚步，希望时光可以走得慢一点，更舍得为那些美景去停留。

于是开始用慢速的态度跟这个快速的世界较劲，用一种种子发芽般的倔强，不再飞扬跋扈地去侵入和妄图占有一个地方，而是慢慢地渗透进去，用青草和泥土交流的方式，慢慢长大。

停留，是开始与这个世界交谈，在这个交谈的过程中一次次地更新自己，触摸人生，享受人生。其实，你不必周游世界，只需放慢心情在生活中慢慢行走。

“如果你不出去走走，你会认为这就是整个世界。”

所以，很多人都以这个为借口，收拾行李，企图在出走的路上，发现更广阔的天地，发现一个充满能量的自己，可是却忽略了那些离开的人，无论离开多少年之后，他们都会故地重游，他们的眼神里带着怎样的怀念和眷恋。萨尔瓦多便是在电影的最后成名归来，重新捡起了过去三十年的回忆和情感，并在这里明白了生命的一切意义。

人们不断追寻的天堂究竟在何处？如果说，周游世界是一个寻找的手段，那么最后停驻在你心里的世界，到底是哪里？

可能风景就在此地，雨纷纷旧故里草木深，别等到所有的时光都变成泛黄的胶片，才舍得回头看一眼，可能我们身边的景色，已经等了很多年，也许你的停留是自愿，也许你的停留是无奈，可是这些风景，却不知道信守着谁的承诺，等你说一句眷恋。

如果有一天，你发现了你身边的风景，那时候的你才可以真正的开始旅行；因为只有带着这样眼睛和心灵的你，才不会错过那些静静等待的美好风光。

# 睡别人的沙发

2003年，美国一个有爱青年范特创立了全球沙发客自助游网站，从那之后，“沙发客”这个概念迅速席卷了全世界。

沙发客以一种省钱、舒适的方式存在，也是人与人之间信任和爱的呈现。沙发客可以获得提供沙发，或者是空闲房间的免费待遇，接受这些馈赠的沙发客同时也要把自己家里的沙发贡献出来，让另外的沙发客享用。就是这样一个爱心传递的过程。沙发客的原则便是互助、分享、友爱、交友。

我也是沙发客当中的一员。去年，我作为一个沙发主，在豆瓣上跟帖发布可以提供沙发服务的帖子，很快就有很多人留言回复。

稍稍聊天剔除后，我和一个姑娘交换了联系方式。她还是一个大三的学生，音乐艺术系的，很简单的孩子，想法天真烂漫。

三天后，她来到我家里，提了大包小包的，那架势宛如搬家。我一见就忍不住莞尔：姑娘，你这还是轻松的沙发客吗?

她当即害羞地脸红起来，支支吾吾地说道，这是她第一次旅行。模样很可爱。

我把旅游的人分为两种，一种是有趣的人，另一种则是无趣的人。

可能是她第一次旅行，她显得格外兴奋，同时有些害怕，对陌生城市的恐惧，还有对我也尚有不确定，并没有托付信任。

我没有介意那么多，一切都顺其自然，就如我墙角生长的三角梅，唯有任其生长，才能长出后来的清新委婉。

日久见人心，不若如此。

我给她腾出了一个干净的房间。每天她朝九晚五地出门和回来，我没问她在这里旅行得如何，看了多少山水，悟了多少人事，我不提问，而她也总是静默不语。

直到有一天的深夜，她走出房间，见我还在窗台对着夜色发呆。她拿了个凳子坐在我身边。“我来找我的网恋，我没有告诉他，我只是来找他，想给他惊喜，可是在他说过的地方，我都没有找到他，你说，他会不会是个谎言？”

我默默抱了抱她，简单安慰她，许诺她明日陪她去找。

按着她提供的线索，我带着她找到了那个地方，就在男生常出现的转角，掐好时间等待，果不其然，过会儿，她假装镇定地面对墙壁，我见到她嘴角的笑意。她见到那个男生了，只是她不想跟他相认。

那个地方，其实有三个转角，有些时候有恰好的缘分，便遇上了。

她之前守着的地方以为是对的，便守株待兔在那里等候，可事实上真正对的位置在与她相隔五十米不到的地方。就如《向左走向右走》的剧情。

后来她离开了，临走前她深深拥抱我，说这是一段最美的时光。

最美的时光，不若找到自己内心追索的幸福。

在她走后，我整理好房间，或者不久还会有新的沙发客到来，我等着下一段美好故事的叙述。

这一种生活，也是另一类的旅行。旅行在别人故事里，只是听说。

# 明明是三个人的电影，我却不能有姓名

一直心疼爱情里一直需要退让的第三个人，即使她一直坚强地微笑着，一直努力地喜欢着，然而，她始终还是要让自己隐于雨幕之中，亲眼看着他与他喜欢的她幸福相拥，倾诉着爱慕与相思之情。有多少人会宁可她不曾遇见过这样一个让她黯然神伤的男人，起码能开心快乐地过属于自己的日子。

但是我想着，即使知道结局会是这样，她也是会选择相遇的吧，因为有这样的男子，她才是这样的自己，她才能真切体会深爱的滋味，才能精彩绝伦地演一场轰轰烈烈的电影，即使她只是一个配角。

那个她，就好像张爱玲那句话所说的："遇见你我变得很低，一直低到尘埃里去，但我的心是欢喜的。并且在那里开出花来。"

小时候看《灰姑娘》的童话，总嘲笑那两个愚蠢的姐姐，为她们削足适履的行为暗暗发笑。后来长大了，又听过许多的故事，也见识过许多的聚散，对集万千宠爱于一身的男女主角，总是隔着一种下意识的疏离，而且渐渐地同情起这两位姐姐来了。

因为我已经知道最终总会花好月圆，王子和公主幸福地生活在一起，便觉得投入那么多的感情，不过是一场单相思式的自作多情。但是那两个姐姐呢，也许她们聪明机敏，也许她们冷静坚强，也许她们勇敢果决……但是王子不需要。这两个姐姐虐待了灰姑娘，当然是非常错误的，但是她们在爱情上有什么错呢？她们为了他剜去了脚上的肉，对自己做了世上最残忍的事情，她们不过是爱他罢了。

但王子只爱美丽的灰姑娘。所以，爱情就是这么没道理，无所谓先来后到，无所谓付出总有回报。“爱是天时地利的迷信”，所谓心跳不过就是在对的时间，遇到了对的人，若有继续就是在一个宁静肃穆的教堂，用戒指许一个期限终生的誓言。而作为配角的一干人等，只好聚集在草地上，心态各异地送上自己的贺礼。

是什么时候注意到自己更喜欢配角了呢？大概是一觉醒来发现自己仍身处这个平凡的时空，自己仍然是这样平凡且渺小的人类一员，仍然看不清未来那似是而非的模糊投影。

小孩子们都会渐渐长大，会明白童话只是一个美妙的幻想，王子和公主、匹诺曹和小锡兵都是这世界极为珍稀的例外，这世界千奇百怪无所不包，要小心翼翼才能不被荆棘刺得血肉模糊。原来自己不是世界的中心，只是这浩渺星河里一粒小小的尘土。

不管多么不愿意承认，有生之年，我也许没有机会成为灰姑娘或尼尔斯了。我极有可能是七个小矮人中的一员，或者是拇指姑娘遇到过的那只兔子，非常不幸的话，也许会扮演狼外婆或者王后吧！

也可能只是一棵草，一朵花，开在漫无边际的荒野上。渐渐认识到，正因为我们都不是主角，正因为我们都有这样那样的遗憾，才要在另一个世界里想让所有人的目光都集中在自己身上。

想想既悲伤又好笑是吗？但是渐渐接受了这个设定，好像慢慢地脚步变得踏实了，能感受到脚下青草的芳香，来自大地坚实的触感，心渐渐地沉下来，开始正视内心真正的自我。

人就是这么顽强的生物，知道了自己的命运后，反而能安心去思考未来的出路，能带着现实的目光，去丈量那些我们为自己谋划出的蓝图。

## 最后一个故事写给自己

曾发神经似地问自己：为什么我会是现在这样的我？为什么没有变成别的模样，有别的形式的喜怒哀乐，沿着截然不同的道路旅行于这个蓝色的星球上？

回头看看来时的路，喜欢那美丽的色彩，就自然而然地每天兴致盎然地涂鸦；喜欢的东西不敢尽力争取，只好躲在暗处不甘地哭泣……

原来每一个转变都是有预兆的，每一个决定都是有原因的，每一次的哭泣与微笑，都来自那么偶然而又必然的机缘巧合。本来有千万种可能性，可以塑造出完全不同的我，但是如今我站在这里，在镜子前，我就是这宇宙唯一的个体，是的，渺小，但唯一。

有过不知道多少次了，迷失了前进的方向，跌进了可怕的陷阱，丢掉了珍贵的宝物，无助、失望、仓皇无措间撕心裂肺地号哭。也曾想，降生于这个世界上，是不是就是为了承受苦难。但是最终都擦擦眼泪，即使再狼狈也要往前走，即使再微小的一步，都叫人激动不已。我不能忘记那天晚霞漫天，我试着仰天大喊：“我永远不会放弃！”

是的，永远不放弃希望，永远不放弃信仰，永远不放弃自己。

能活在这个世界上，就是最大的幸运，因为永远还有希望在，永远还有未来在，无论自己在别人的故事里有多么微弱的存在感，都记得要为自己战斗。

因为有这么一个故事，主人公必须是你自己，宇宙间唯一的你，只有你才能给它一个结局。能这样想着并将理想付诸实施的你，本身就是幸福的，也一定能给别人带来希望与光明。

## ／一切都是命运

一切都是命运/一切都是烟云

一切都是没有结局的开始/一切都是稍纵即逝的追寻

一切欢乐都没有微笑/一切苦难都没有泪痕

一切语言都是重复/一切交往都是初逢

一切爱情都在心里/一切往事都在梦中

一切希望都带着注释/一切信仰都带着呻吟

一切爆发都有片刻的宁静/一切死亡都有冗长的回声

我一直认为北岛是二十五岁之后才能阅读的诗人。他太激烈了，太了解人生了，也拥有勇气去质疑世界和命运，他渴望放飞心中的信仰，纵然是全世界都来反对他，也从不放弃当一颗耀眼的明星。

在他眼中，生存永远在和春天作斗争。生存本身便是一场扑朔迷离，会遇见美好，会迷惘背叛，会坦白快乐，但永远不能放弃的对信仰的忠贞。

传统是一张航空照片/ 山河缩小成桦木的纹理/总是人，俯首听命于/说教、仿效、争斗/和他们的尊严

他看见的世界远比别人的澄澈，那是脱离一切世俗和疆界的另一种落拓。对于悲欢离合早已经看透看开了。

你是谁/要和我交换什么/白鹤展开一张飘动的纸/上面写着你的回答/而我一无所知/你没有如期归来

在深夜里看他的诗集，就好似一场灵魂的演唱会。

那时，我正遭遇一场混乱的工作事故，深陷其中，有种陷入僵局的状态。我所供职的那家公司在当时正面临着巨大的财政危机，而作为人事主管的我只能尽可能地安抚员工们的情绪，打消他们因此离开公司的念头。

在我的努力下，员工们也从这样的阴霾中挪动了脚步，投身于工作。

很快公司拿到了几个大的项目，资金也全盘到位，本该发工资的那一日，却发生了令人匪夷所思的一件事。

公司的老总卷款而逃，而员工们都已经拖欠了两个月的工资。一下子全部人员的压力都堆积了过来，我立在当中，申诉无门，众人都认为我是老板的亲信，而他奔走了，那么剩下的事情就该由我来处理。

处于那样的一个窘境，日日电话催促，当真有些精神错乱。其实我也同他们一样被拖欠了两个月的工资，但是作为安抚人员的我，确实有合谋的嫌疑。

回忆起那个时光，若然不是北岛的诗集陪伴着我，那些惊心肉跳的日子还真是难熬。

或许当时对那个老总付出的信任都像巨大的讽刺一般，可是相信总会比较幸福一些，况且当时我只是做好我自己的事情，当我纠结时，我心里默念那首《一切》。

我拿出了身上的积蓄，分给了员工们，就当作我当时做错了选择，而造成这样局面的弥补。多数也被理解了。剩下的日子过得艰辛和困苦。

还好，一切都是命运，一切都会过去。

后来，我在某个街头遇见了那个老总，他在街头摆摊。

他以为我还记恨他，他拔腿就要跑，我只是喊住他，要了一个解释。

他告诉我，当时，他的妻子得了重病，急需要一大笔钱，他无奈下只能做出这样背信弃义的事。

故事的末尾，我原谅了他，不为其他，只因为我也不愿意让自己的内心再受煎熬。

据说在阿姆斯特丹的机场每一个免税商店都叫“BUY BYE”。

“买完纪念品就告别了。”

人生就是在一系列的埋单过后说再见。诗歌里的永恒和现实中的真实，都是一种华美而清脆的声音，旋律让人心醉，却没有reply。

过去的就该让它全部都过去了。

岁月是一条河流，可能刻满刀痕，可能落水无声，在黑夜降临的时候，都是一种温柔的言说。

每一次离别的姿态都是决绝，在人生中，我们需要不停地告别。海子选择卧轨自杀，以一种惨烈的方式告别这个尘土纷扬却藏满美好的世界。

或者是他已经心满意足于见过的最美好事物，于是他亲手了结人生，就在最高潮的时候，可以写下完结篇。

在之后的每一年，每一个此刻，都会有人抑制不住为他吟唱怀念的歌。而他的灵魂却远远地漂浮在他想去的地方了。

贴近心灵的诗句，音乐是它的铺陈，生命才是它的主题。

再见往事没有那么轻而易举，可是司空见惯后，也可以轻轻藏进字里行间，不动声色弹唱为过往的曲调。

风中往事的素描画里，或者只有几行字句，或者只有几根线条。

只要用尽全力和清晨的世界微笑，道声“早安”，再跟往事用力挥手，说声“再见”，当你下决心让一切不开心的过往消散，过去就真的可以过去了。

# 第六章
# 暖暖的，带着心灵逛人生

做个温暖的人，温柔地对待自己的宇宙，温和地看待世界。当有些事情错了，别着急，只要不慌张，总能找到出口。

# 一段时间内，别管自己 ＼

一段旅程的结束，是另一段旅程的开始。有些路朋友可以陪伴，有些路只能一个人走。牵挂和心疼都不能替代一个人独自行走的经历。希望砚台好好走路。你永远都是我心里那个最坚强、最勇敢、最快乐的砚台。

——阿亮

这是从《走吧，张小砚》当中摘出来的一段话。我喜欢封面上那个义无反顾只留下背影阔步向前的姑娘。

前面的路似乎很长很长，但那个背影却义无反顾。

人生的路上最苦、最甜、最爱、最怨的，都会慢慢出现，沉淀在时光里。如果不走出自己所在的地方，永远也不会明白自己要的是怎样一个世界。

张小砚是个说走就走的，一切随风的女子。她在旅途上遇见了险和恶，也拥抱了温暖和美好。

在每个人心里都有过个梦想，要走到自己所在的山的那一面，去看看别人的世界，爬到最高的地方去张望整个世界的模样，于是走了很远很远，或者一辈子只是想想，但却一直原地不动。

世界就是心里的那种模样。如果没有找到自己的心安处，走到再远的地方，也只是经过陌生的城市，看山看水，多了，不过是同样的景色。

每个地方最特别的地方，其实不是它的景色，更多的是它的人文，它散发出来的味道。那种属于时光沉淀的气息。

我曾有过个朋友，他就在某天黄昏跟我说了再见后，就消失了。

他世界里的人都没有预警，满世界找他，而他不知道去了地球的哪个缝隙。

后来我一个个安抚他们，一切都会安好，他只是出去走走散心。

一年后，他风尘仆仆地归来，眼角有明媚而微亮的笑容，他对我笑声爽朗，说起他的旅行，此时的他像颗燃烧的太阳。

追溯到他离开时候的疲倦姿态，我想他的旅程不过是人生的另一段重新调整的时光，在旅程中修复自身上的一些硬伤。这是任何人都无法介入的地方，人生总要有些唯一的温暖和信仰是自己提供的。

这一段路程绝非是肆意任性，也不是寻奇探险，只是一次按内心去奔走的生活。

“回到家后，令我感到新奇和不适，周遭一切看起来依旧，闻起来依旧，感觉起来也依旧。我意识到真正发生改变的，是我自己。重新变得温暖柔软起来。爱，是让我终不怕生处于这个疏离的世界。”他跟我说了张小砚说的这段话。笑容灿烂。

他说，他又可以好好继续生活了，他包里储备好了对抗人事的一切勇气和能量。

鲜活的生命里写好了畅快的美好，这就是人生的另一个目标和指南针。

我不知道你有没有过这样的感受，有时候自己太娇贵了，一点点生活的风吹草动，就会觉得人生灰暗不美好，甚至连走下去的勇气也没有了。

便会陷入思想的死胡同里，拼命挣扎，拼命呐喊，企图获取一些别样的信息，比如别人的关注和在乎，比如温暖和爱。

就如掩耳盗铃的人，重复告诉自己“你不渴求被爱”，可往往最缺爱。

在晴天忧伤，在雨天里惆怅，不明了这世界上还有什么乐趣值得追随。于是人生睁开眼，就是“乏味”两个字。

这是人生长青苔的时候。我发现很重要的一个原则——别去管它。

这是不能宠溺自己的时期，如果你惯着自己的情绪，等到醒过来后，你会如同酒醒后的迷惘：之前都发生了什么事情，而且最为严重的是，你还不知道这段清醒的时间怎么到来，你一心想让自己好过一点，却越做越错，把自己推进一个坑里。

此时，按兵不动是最稳妥的。

别急着思考自己的问题。赶紧为自己找到一个非做不可的事情，投入大段精力和时间，把自己挥霍得不余一点精力。

相信我，你很快就会好起来了的。

人生各个阶段都要经历，去勇敢地相信别人，奋不顾身地抽身生活，不屑一顾地对待自己。唯有经历了这样一段飘摇的时期，你才能知道，你曾经遇见了怎样的美好。

# 这个“乡绅”有点特别 ＼

在云南的南面，洱海上一个唤为玉几岛的岛上，有一个叫赵青的人，就在这里盖了一栋让世人甚为吃惊的房子。

这里离天空似乎特别地近，慵懒的阳光也格外温暖，云淡风轻，似乎有些不食人间烟火的仙气，少了吵嚷的闹市，多了份安宁平静。

这栋房子枕着苍山，傍着云海。是无数人向往的房子，完美宛如仙境。设计的主人赵青是一名在北京美术学院毕业的艺术家，他开过个人作品展览，获得过殊荣，却在明明可以当个闻名遐迩的艺术家的时候，跑回了大理，过起了他平淡而自由的生活。

他说自己是个特别心不在焉的人，他不知道自己快不快乐，有没有愿望，也不知道心为何物。

在古书上他看见一个繁体字“炁”[①]，恍然大悟，无心就是气的状态，也就是让心休憩，息心清净，无思无虑。这一直是他对事对朋友的态度，心不在焉。

---

① 道教书籍中有记载，大意是无一定形状，能自由散布的物体，可指人的精神状态。

倘若这个词不是放在他身上的话，那么这个称呼可能就会有贬义词的效果，而放在他身上恰如其分，他不求功名利禄，不计较得失，不好与人争斗，对朋友清爽如微风细雨。

他的“心不在焉”，是一种超脱的生活态度，也是一种优雅的生活方式。

这远可以从他建造的房子了解到，整体外观大气磅礴，细节上精巧妥帖，花朵浮雕、蜡染布帘、古船木等营造出了房子的格调和气质。

处处都有时光痕迹，洱海浮光掠影映衬着房屋。他自称为乡绅，消费阳光，好的空气，舒服的视角享受，由于用心体会，他便拥有了完美房子的建筑品位。

清晨，微风、水声伴着他静坐；中午，就着阳光吃简单饭菜。他从没有细细去想要什么样的生活，他只是知道他要这样过生活，于是就去做了，他就想过俗世生活，每一刻都很真实。

布满阳光的日子里，他的心是散漫开的，尽情享受自然，惬意弯腰可取。

身为白族的大理人，他曾和父亲们在原始森林里待了十几年，那时他已经开始不太会说话，不太会与人交谈，于是父亲们又把他放入喧闹的尘世，去学习普及的文明，去经历别人的生活。

直到他去过最大的城市，看过喧闹的街区，而后回到了这片生养他的土地大理，才惊觉这里是世界最美的地方。

其实，人一定要离开一阵子自己所处的城市，才能够发现自己对城市保有怎样的心情。

“城市之所以好，很多人喜欢它，是喜欢在那里生活。”他自嘲在城里像个笨蛋，回到大理后，才做回了自己，找到属于自己的平静安宁。

他这样的想法放在当今社会里，估计是标新立异，别树一帜的，但也因为如此，他的新思想就像地中海吹来的清风，能够轻轻抹去在人们心头的灰尘，落下一个梦境。

“心不在焉”的生活方式，一切都按着心的态度去走、去停、去继续生活。他微笑的样子很美，始终在我脑海里浮现，如一个孩子般简单而又温暖。

一个非建筑专业的人，却建出了世外桃源的房屋。第一个房子是盖在赤文岛上，如今成了“本园”，属于南诏的旅游景点。由于那里太嘈杂了，于是他便离开了那里。到了另一个安静的岛屿，建起了另一个天堂。

历经十几年风雨洗刷，这里依旧美丽动人，或者是他的那份悠然自得感染了整个房子，使得这个地方隽入他的钟情和热情，充满了他的态度。

而他见过最感人的房子，竟是渔民们那移动的木棚房子。那些可以随意移动，自由安静的房子。他向往着不被很多方式束缚的人生，去追随生活的真相，去遵从内心的指示。

人生若能清淡如斯，何愁快乐不缠身，幸福就该相拥满怀吧。

赵青的俗世生活，过着自己想要的轻松而愉快的日子，理出自己的桃花源地，与阳光、温暖日日相见，当他想要什么样的生活，他就立即放下一些外在束缚他的物质条件，大胆追寻他心中的太阳。

这是无畏，也是人生最自然和舒展的姿态，过想过的人生。

无论怎么走下去，内心的灵魂一定要安放妥当，别被一路颠簸给弄丢了，无论遇到什么事情，记得告诉自己的心，一切顺利。

# 别急着对生活发火，等待末班车

站台上一个人也没有，我在等待着末班车。

时间一分一秒过去了，夜色也临近，而我等的车还没有来。天空突然降下一盆大雨，浇在我未有雨伞保护的头发上，一个人成为落汤鸡。

快速找了个避雨的位置，身上都湿了，也就不必再从包里拿出几张面纸来擦拭。索性多了一些淡然，观察起四周的人群。

焦躁不安的男人激动地打着电话，大声咒骂天气；疲倦的女子缩在角落，抱紧肩膀；还有小孩为着下雨而欢喜，奶奶在一旁制止他奔向雨中。

就是这样一份雨景，却也消去了心头的那丝烦躁。

原以为是最糟糕的事情，其实换个角度观看，就变成了一件有趣的事情。

我在他们眼中读到了情绪，没有预知雨天的公交何时抵达，车上人多否，是否应该终止等待，打车离开，还是再等一会儿？

人生遭遇的种种何尝不是这样一种末班车的等候，当不知明天意外和机会哪个先到来的时候，只有无尽等待。

生活的节奏里是否有微笑的弧度、咸淡的惬意，还是不停地焦躁而忙碌着，心中的声音被现实排挤得不剩思考和审视的空间。

一些生活的美好细节被剥落挖空，剩下的只有不愿回想的空白重复。此刻，你等的车来或者不来，还有什么关系吗？

你决然不会为着心里的那份期待，丢下所有，只携带着一个包裹就离开上路。你会安静而无力地等候着回家或去往公司的车。

无论是报以什么样的情绪，生活一直不停地在继续着。命运没有不公，它给所有人同样的时间和选择。

人生中任何经历都是一种财富。在苦难中的那些经历会是一辈子都磨灭不去的记忆，不论是温暖还是冷漠，一点一滴都会被铭刻。

站台上的等候，一直是我对自己生活的一种重新审视。

这段时间正好，不长不短，不至于沉溺于过往，太过计较细节，也不至于太浮躁、太急于行事。不论如何，总是需要等待那一趟即将要到来的车，这个结果已经注定了，不如委婉享受等候的过程。

太多时间用来忙碌，太少时间用来思酌。这是我们不停奔走，常感觉疲惫的原因。没有思考的空间，就无法细细归类内心那些情绪，将好的正能量摆放在触手可及的地方，将消极的负能量统统抛到摸不到的高处。

留出一段空白时间，像孩子们在荡着秋千般的悠闲，把时间剪裁成一片一片，再细细缝补上岁月的墙。

做人该有几分浓淡，不刻意，不做作，有简单岁月中的平凡朴素，有历练沧桑变化的宠辱不惊。淡是人生最重的色彩，而浓恰似最薄的滋味。

我有一个朋友，曾是许多男生心目中的暗恋对象，但她从初中毕业后开始经营爱情，不工作不读书，在法定结婚的年龄把自己嫁了。在我们眼中她一直都很幸福，虽然也会为她太快步入另一个殿堂而惋惜，但这也是早晚事情罢了。

某一天，她突然打电话给我，问我是否可以介绍一份工作给她。

我认真询问她有什么一技之长，她均摇头说不会。这时候，我有些为难了，什么都不会，那么我应该推荐她一个怎样的工作才好。

我们的谈话一直留有大段空白，一直是她在絮叨，我在倾听。

以前她算是个优秀的女孩，功课均佳，性格淳朴。可如今不知为何，总觉得交流费力，她反复地强调工作内容必须清闲，工资不能太低，时间不可太长……

此刻，我悟出了一点，我同她现在的不同，我们这个年纪，多半都经过一些世事变更，也从不靠谱少年变为了靠谱青年，在经过了很多选择剔除后，才尘埃落定，几乎定下了人生前进的方向——做事不光为了钱，也为了喜欢和开心。

当然，这已经是一个非常高的标准。任何事情只要心甘情愿，总会得心应手。而为了生活而做出的牺牲，到头来只是一种精力上的自我消磨。

挂了电话后，我还是认真帮她思考起工作这件事情。最后联系了一个朋友，为她推荐了一个前台的工作。

几天后，她打来电话大发牢骚。我虽是带笑回应，却急于挂电话。

她大哭着说自己年少时放弃一切而为一个男人付出所有，

到头来那男子移情别恋，她又因为没有经济来源，在家里没有任何发言权，一直以来只能默默忍受。于是她急于找到一份稳定的工作，她羡慕公务员的朝九晚五，却因不符合标准，而只能放弃念想。找到工作后，又发现这只是一个出卖劳动力的工作，她嫌弃廉价。

她心里的太阳已经暗了，只剩下在黑暗中摸索。

从她的角度来看待世界，发现很多地方都是不完美的，比如家庭生活，她忘记了自己那个可爱的宝贝孩子；比如工作，她忘记了从头学起。

任何位置都不可能是别人赠予的，若是如此，那么你也将随时面临着失去这个位置的风险。家庭、工作和生活都是如此的。

不久，她给我打来电话说，她辞去了工作，她说她也找到了自己的红杏，准备出墙。我没有多说什么，美貌是女人的一种资本，需要的时候可以适当使用，但如果过分滥用，后果便不得而知了。

后来，我从别人那里听说，她过得并不好。在灰头土脸地成为第三者的同时，也离婚了，到头来什么都没有。

我很惋惜，但终究没有说什么，或许当时我该喊她悬崖勒马，但深知她并未吃得进这番苦口忠药，因为她心里的太阳已经熄灭了。

清风细雨，是你的心。

把一个花瓶放在角落，它只是一个花瓶，把它放在合适的位置，它便是一个艺术品。

我们把自己安放在什么样的位置，我们就会遭遇到什么样的人生，这无可厚非。

离开一个男人，你的生活会面临一片兵荒马乱吗？你会在每个清晨日落都感觉浑浑噩噩、不知所措吗？你是不是终日落泪，不知道该如何排开内心的那些惆怅呢？

人生难免会遭遇到各种各样的问题，如果你生命的主题是爱情，那么你就只能以爱情为轴画圆，不停环绕，有一天，重心被抽走了，那么原有的轨迹才会刺眼地摆放在你面前，变成一无所有的弱者。

人生中其实还有许多东西是可以拥有的。

比如空闲的时间，要为自己的大脑装上一些书籍，我们或许没法游历山河，但能从别人的世界里看到旅游的意义和生命的美好。

比如三两个好友，我们可以享受孤独，可以豢养爱情，但绝对不能失去与世界的另一种对话——和有思想的朋友交谈，打通去往他心里的曲径，在不幸的时候，你能到这里掬起一捧阳光。

人生的快乐是什么？有心想，有人爱，有事做。

做个温暖的人，温柔地对待自己的宇宙，温和地看待世界。当有些事情错了，别着急，只要不慌张，总能找到出口。

## ╱ 捆绑的心灵要松松了

你在过着什么样的人生？会不会在深夜里唱着孙燕姿的《同类》，用双臂环住自己，拥抱孤独。

一个人，有时候孤单得很需要另一个同类。

我们总需要来自外界的一点温暖来感受这个世界的温度，得知自己不是孤单地在路上行走着。不知道你是否听过这样一个音乐节——迷笛，它被许多人称为温暖的殿堂。

“迷笛就是他们的春节，你想现场这么多人都是你的伙伴，而且大家有共同的俚语、共同的眼神、共同的情绪，这个特别可贵，人的归宿感是特别重要的。他一旦认同了一个群体，然后，这个群体又互相温暖、互相鼓励、互相快乐的时候，那么他一旦回到这个集体，他就是如鱼得水。其实迷笛音乐节就像是约定好的一个集体的狂欢节。”创办者张帆这样说的。

这里是一片乐土，每当音乐响起来，就会有一群同类从全国各地赶来聚会，人们在这里自由而肆意地摇摆着身体。快乐，此刻不是思考的问题，而是进行中的状态。

每一年，同一个时间，同一个地点，一群人团聚在一起。

不论是大公司的老总，还是普通的蓝领，大家聚在这里，就唱着朴实、真诚、认真的歌，撕心裂肺的怒号着心里那些不为人知的秘密，音乐才真正成为传递内心情绪的一种表达。

迷笛因音乐而生，它赋予了那些希望唱歌、懂得音乐的人一个乐园，去追逐内心的奇妙世界，不必光顾现实的残酷，每天都充满活力，像过节日一般。

在中国还未衍生出关于摇滚乐的热爱时期，坚持把这件事情做下来是极其不容易的事情。

如果没有对梦想的坚持，没有人能够不为名利、不为钱财，单纯地为了做自己内心最想做的事情，但为了真正音乐，人们却可以共襄盛举。

迷笛走过了十几年的时光，坎坎坷坷地奔走过来。所有出现在迷笛舞台上的都是真实的、不做作的音乐。所有演唱者都对迷笛有着最深厚的感情。迷笛也有一群核心的真实的铁杆粉丝。

他们在台上大声问着："音乐可以改变世界，对吗？摇滚乐可以改变世界，对吗？"

每当音乐节开幕，总会有一些外国人慕名而来，只为了感受一下中国真正的文化，一种生活方式。当然，也是生活中的另一种享受。

虽然我并不喜欢摇滚的轰天喧闹，但是在某个不经意的早晨遇见了崔健的歌声，那种感觉仿佛是你推开一扇窗，明明是另一栋高楼大厦，而你却看见了平坦旷阔的草原和草原上站着思考的自己。

过去的所作所为我分不清好坏/过去的光阴流逝我记不清年代

我曾经认为简单的事情现在全不明白/我忽然感到眼前的世界并非我所在

二十多年来我好像只学会了忍耐/难怪姑娘们总是说我不实实在在

我强打起精神，从睡梦中醒来/可醒来才知这个世界变化真叫快

这是崔健的《不是我不明白》，你听了可明白？

迷笛已经成为一个符号。它是一个时代的乌托邦，在这里邂逅爱，邂逅生活，也邂逅自己。

人生需要时刻知道自己是谁，要往哪个方向，要做什么，可是要求多了，也就常常忘记自己真正想的是什么，一定要给自己一段空白的时间，去抽丝剥茧地遇见骨子里的自我。

我极为喜爱蒋琼耳“工业浪漫”这一组作品，它运用了生活中常见的一些工业零部件制作而成。虽然螺丝、钢筋细条、电线等是我们司空见惯的一些东西，但却创意地被做成了一种法国式浪漫的首饰。

你可以用特别来定义它，也可以用疯狂来定义，但你无法否认的是，这就是艺术。

这些工艺品的模特也很特别——她年迈的外婆。工业品的粗糙配合着白发的老人，作品本身要表达的那种情感就已经具备了。

在生命中，我们必须与平凡或激情共处，与快乐或忧伤协调，与理想或现实沟通……一切事物都是矛盾而又共存的，我们不能只接受生活中美丽的部分，而把那些不美的部分全盘否决。

当然，一个人如果没有梦想，是无法走到灵魂的辉煌的。

琼耳被问道：用了多长时间去实现梦想？

她笑着说：忘了。

时长时短，梦想的实现是一个自然过程，是生活中的惊喜，我们可以不断尝试与努力，但成真与否，它不可预计。

——最奢侈的梦想是什么？

——梦想成真。

——梦想的秘密武器是什么？

——头顶理想彩虹，脚踩现实大地。

这都是最真实的生活状态，如果有一天我们终于肯卸下身上的包袱，让自己坦然地拥抱内心的自我时，会发现，一切的道路都是朝着想要去的远方发展的。

只要不抛弃梦想，一直走下去，那么总有一天会和梦想簇拥，即使没有，那缺憾也会少了很多，因为再不会有比那时候更靠近梦想了。

# 别来无恙吧，幸福？

幸福就像旋转马车，音乐响起来，爬到它背上，就可以想象飞翔。而鲜少有人在音乐停下来，散场时分，承认那一刻的幸福有多么重要。

或者因为如此，人们总是把过去的梦想一念再念，一改再改，到最后面目全非，以至于不得不念叨着不懂得诠释心里梦想的幸福。

在事过境迁后，我才认真信奉这样一句话：“美好不必遍寻，只需要耐心等候，自会不期而遇。”

在这个浮躁的世界里，外界的声音就是那不得安宁的喧嚣吵闹，人和人之间的关系静止淡漠，高楼林立间，只听得见别人的声音跳动在自己的心跳里。

望着别人的幸福难过，因为自己只能拥有羡慕。世界的真相本就如此，美好的事物繁多，但属于自己的只有那么小一块。

总以为自己内心足够强大，不经意间，将许多未来承诺给不同的人，成了善意的谎言。不懂得斩断那些总不愿在我们身上花时间的人所耗费的光阴。

我以为它是在路上的。是在陌生山水间缄默，等着被幡然找到，露出美好姿态。于是便趁着年少时光，大把挥霍。

走过一片奇山异水，见过一群奇人异事，留下一路新奇回忆。风尘仆仆地当着过客，因为生活在别处，那么幸福也定然在远方。

对一个城市的记忆，如同经过的河流。一半是跋山涉水，不知疲倦地远行，不知道前方还需要走多远，只是会一直走着，直到流进那片汪洋大海，拥有内心平静；另一半是落花落叶，不经意的邂逅，就在山水中载一路美好远程，不知道什么时候将要告别，旅途随时可以戛然而止，随时准备告别。

旅途中会遇见很多微小的事情，嘴角的笑容如果足够灿烂，就会明白这一场旅行究竟值不值得。

从十一岁开始，时常准备好随时离开。年轻就是一场奋不顾身的远航，这是我早有念想。于是常常在下一个路口就转身走上一条陌生的路，上一辆不知终点的火车，抑或者就是这样一直走着。

每个城市都有着不一样的态度，有的温和，有的粗犷，有的低俗。一些人决定了一些城，遇过的每一个转角都成为回忆的一幅画，留待时光细说。

喜欢一座城市，便停留长一点时间，打工做活，攒好路费，又奔赴下一站。就这样没有很多钱，却也去了很多自己想去的地方。

就像阿甘那样，不停地奔跑着。可是终于有一天，他突然醒悟，不知道自己为什么奔跑。于是他停下了向远处迈进的脚步，回到了自己熟悉的地方。

如果一个人充满了快乐、正面的思想，那么好的人、事、物都会和他共鸣，并且被他吸引过来；同样的，如果一个人总是带着悲观的、愤世嫉俗的思想频率，那么，难怪这个人常会有倒霉的事发生在他身上。

——张德芬《遇见未知的自己》

人生就是一个寻觅的过程，找到自己，了解自己，喜欢自己，并与之愉快相处。

不久，我辞去了安稳的工作，在一个旅游的小城镇找到了一份客栈义工的工作，这里离我家只需要一个小时的车程，如果愿意，随时可以回家。

这一次，这样的距离很美好，不是很远的地方，离家里很近，却不至于沉溺在其中。

每天，我都能遇见来自四面八方的游客，他们或者吵闹，或者安静，同他们简单交谈，把最好的微笑留给他们观看，把温暖的提示放在他们心里发酵。

就是这样，也交到了不少朋友。

即使下一刻就要拥抱说再见，彼此的笑容也没有阴霾。

有天，我遇见一个穿着戴满功勋章制服的老人，他跑进店里，中气十足地询问着房间的事情：在几楼？有几级楼梯？最近天气湿热，那里可会潮湿？房间的隔音效果可好？会不会夜里嘈杂……

事无巨细，我甚至有些好奇他是住店，还是考察客栈了。

但依旧是礼貌得体地回答完问题，老人对我的回答十分满意，他点头转身出去了，一直到傍晚时候，他牵着一位老太太的手，走进了客栈。

原来，他的妻子有风湿病，故而他找了好几家客栈，每次都要好好研究这几个问题。

看着两人相互辉映的笑容，我不禁也跟着笑了，心里满满地溢出甜蜜的小羡慕。

“老伴，这回我可没有食言，真的带你来了哦！”老人就像小孩一样开心地握着老太太的手，邀功似的说着。

老太太面有潮红，点点头。

在后来的几天，我陆续得知他们的故事。老人原来是海上的一名军人，漂泊海洋五十余年，老太太一直在家等着他，从来没有怨言。

老人总是觉得抱歉，于是每天承诺给老太太一个旅游的地点，约定好在退役后一定带着她去远方。

于是，当老人退役后，便实践着曾经的诺言。

“你知道她对我而言的意义吗？”老人有天这样问我，我悄然摇头。

他眼里泛着柔光，温柔地说：“我曾经不知道这样一个真相：有她在的地方，就是我心安的家。在我生命的路线里时不时地出现这样的念头。下半辈子，我要好好弥补那些错过的时光。”

就在那一刻，我听见了从心底里传来的花开的声音。那个我曾经在心里挣扎和询问的问题——什么才是幸福，一下子有了落叶归根的注解。我脑里闪现的全部都是温柔的家人，我知道我想念他们了。

过去常常享受一种温暖，后来便习以为常地接受着……

总会添油加醋地将生活的一些细节扩大夸张，变成无法忍受的现实……

总是仗着亲人永远存在的那层关系，任性地挥霍着，以为不会造成伤害……

回到家，冰箱里填满了新鲜水果，种类多到快错以为家里是水果摊贩；微波炉里还在滋滋地烘焙着美味的食物，蔓延一屋子的菜香真让人陶醉；拉开房间里橱柜，走时还是山呼海啸而过的残局，如今一看井井有条地有了四季分明衣物陈列；最习惯看的书还安安稳稳地放在那个角落里，连夹在里面的书签都维持原样……

一转身，便看见那个最爱我的人。妈妈的眼角眉梢多了一些岁月流逝的痕迹，她仍然停止不住唠叨，可我却不再任性抗议，只是微笑着点头表示同意。

我看出了她眼神里的讶异，也看见了欣慰的光芒。我任性地欺身上前，慢慢地环住她的腰，从背后抱紧她，轻声说：“我回来了。”

Hey，幸福，你还别来无恙吧。

## 等待戈多

不可否认，世界上有太多人被埋没了才华，有的人是因为等待时间太久了，便放弃了，但他们当中仍然很少有人愿意过着等待的生活：不论四周风景如何变化，他们始终坚持着走自己的步调，即使没有同伴也能够低着头，慢慢走着。

就如同有人好奇：为什么真正幸福的人，总是不炫耀拥有的幸福？因为，幸福就是——不对比。自己拥有的纵然少，也很满足。一旦放到别人身上对比，那么幸福就有了缺口。

原以为的幸福便极有可能减价成了自我可怜。

不论走多远，不能把思考的能量给弄丢了，那样生命才会真的落入尴尬的迷宫境地。

而我宁可生命里，一直都能够触碰到温暖，即使没有华丽跌宕情节，也依然能思考着那些无法被剥夺走的温暖。

灵魂歌者可以用感动人心的声音，赋予我们穿透生命的温暖；灵魂写手，会经过多番深思熟虑的找寻，才提笔去写下最美的一个画面。他们坚定而自信地存在着，但却不比任何充满商业利益的东西有所逊色。

他们因为向往而追求，即使低调地活着，却是以美好的姿态活着。就像戈多那样，即使他只是贝克特笔下荒诞剧作品中的一个人物，但他代表着美好与希望。

过去我并不知道戈多代表什么，直到邻居家姐姐告诉我。那时候她每天都会在窗户边上静静坐着，每当我问她在等什么的时候，她总是告诉我，她在等待戈多。

当时的我觉得这是一件特别浪漫的事情，就这样一个人不急不躁地等待着美好事物的光临。

我也装模作样地开始做起等待戈多的梦境。

直到我听说，那个邻居家姐姐和男友约定好了私奔，说好下午五点半，可是一直到深夜，那男友也未见踪影。后来，她被家人从火车站接回来的那一刻，我才明白，她等待的戈多其实是一场轰轰烈烈的爱情。

那男友害怕了，在临走的一刻，选择了留下来，但却没有勇气告诉她。不久后姐姐就转学了。临走的时候，她告诉我：根本没有戈多，放弃吧。

我却在心里暗暗可惜他们太过年幼，根本无法保护那样脆弱的爱情，只能流逝于指缝中。

那种等待戈多的心情就像告诉自己不久之后会有一场美梦成真的现实一样，叫人上瘾，所以，我并不甘于就这样匆匆放弃。

我日夜思量着未来的自己，未来的世界，还有未来的美好。

这些念想陪伴着我走过了青葱岁月，在这一过程里，我感受到了从未有过的静谧，如身处瓦尔登湖畔的小屋，推开窗便可以触到鸟语花香，夜深人静时还能听到远处传来的短笛声响。

人生中的得到和失去都有自然法则，我们无法确定这当中存在的奥妙，只能够更加努力地把握住当下，不要将生活的小舟泛得太远太偏，不要将手中的小桨遗失了，这样总能到达想去的地方。

有位法师告诉我人生必须要学会出世和入世。出世，便是与灵魂保持亲密联系，但不经意间会与世界脱节；而入世，便是同世界的人事物有紧密的联系，却很可能不小心丢掉了与灵魂的对话。

不久后，我有些惶惶然，正遭遇了一场美丽的爱情。

男子并不知道我深深地眷恋着他，我如同躲在黑暗中站立枝头眺望他的猫头鹰，在午夜里低声唱着思念的曲调。

他也是我的那个戈多吗？

我不禁想起了多年前的那个姐姐，她深深等待过的那个男子，以及那场没有终果的爱情。

我没有把爱情说出口，因为我知道我等待的戈多是什么。

就是那份在雨中能够随风飘进窗来的暗恋，那种美好的心情便是等待的全部意义。在别人眼中看似未完成的事情，其实已经完成了。

孩子们在荡着秋千的夏天，那个安静的午后，我们彼此在时光里驻足了一段时间。留在彼此心里便足够了。

有男子感慨地说我太过聪明，太过不谙世事。

这两个称呼放在一起的时候，有种哗众取宠的格调。我承认在年轻的岁月里，我也曾一个人浮躁地做错过很多事情，对不起很多人，很多事。

一个人，若从未穿上别人的鞋子走上远远的一段路，他便无法感同身受地去了解另一个人的思想。

过去，我总是想要给生活留下多一点的不同，最好将所有的事物都评上一个“最”字的注释。而后来，我才明白，很多事情唯独过去了，才能够拥有客观评价的能力。

当我放下了对生活的要求和成见的时候，突然间在时光的浮光掠影中刚刚好把夏天放进了心里的那扇窗里，明媚的阳光，可口的冰激凌……

在恰好的时光里，遇见了恰好的音符，嘴角便有了恰好的笑意。

## ／带着回忆奔赴明日

明信片，对你，对我，意味着什么？

唯一值得肯定的是，能收到明信片的人，收获的是满满的幸福感。

就如我记忆中的那场电影，可爱的男孩爱上一个女孩，他找到了最好的表达方式。那就是去世界各地旅行，每去一个地方他都会寄明信片给她。虽然最后的爱情是忧伤的，男孩最终在其他城市遇难而亡，但女孩倾其一生都在怀念他，也许是怀念那段逝去的时光。

那些明信片，清新动人的文字，映衬在五颜六色的卡片之上。也许并不是想得到它，只是希望远方有人惦念自己。

偶尔收到的明信片，总会触动我们心中最柔软的那些角落，翻阅时，感动更是充盈了我的整个心脏。

一如那个爱旅行的朋友所说，每次收到朋友们从世界各地寄给他的明信片，他的精神旅行已经在路上了。

而他的最大的爱好也莫过于去寻找明信片上的风景，去当地体验下那里的生活，看看那里热情的人们，和孩子单纯的眼睛。到了那里，他也会继续寄送明信片给自己的朋友，分享出游的回忆与记录，来以这种浪漫的方式延续旅行的意义。

朋友对我说，他甚至给每个明信片都取了名字。对他而言，也许每一张的相遇都是缘分，每一张都有个值得怀念的故事，每一张都有一组唯美的风景。

惊讶朋友的浪漫，所以这些年一直与他有着联系，很怕有一天，世俗的生活会改变他这浪漫的行动。还好，他是个很执着的人，从大学到留学读硕士，一直如风般的男子，潇洒自如地保持了他的爱好——到处旅行并收集当地的明信片。

时隔多年，再次重逢，看着他手中那厚厚的明信片，以及旁边随性的文字，顿时觉得这一切就像一场文艺电影。如此美妙，如此动人。

仔细想来，那些明信片已经组成了他的人生。朋友说，旅行的时候，一个人走路的时候，并不觉得自己的人生多么丰富多彩，而当把一切串起来的时候，当停下来翻阅的时候，才发现，自己所走过的生活如此丰盈。

人生的每一段经历，都是一处绝美的风景。是谁说过，不要在乎终点时我们会拥有什么样的表情，只要记得路途上的风景就好了。那城市街道的转角，那夜色下的朦胧背影，都可能是我们难以忘记的某个片段。

因为工作的缘故，“在路上”对许多上班的人而言，和“出差”几乎形同一体。这一秒，你在古老的四合院，下一刻，你要到达的远方则是临汾古老的平遥古城。在这辗转之间，人们的生活就像个陀螺，却从未仔细看过身边的风景。

直到一日，看到朋友的留言：“想和你一起去看向日葵。”多么美好的愿望。而我不得不拒绝她，原因是没有时间。

后来辞职时才发现，五年的工作，最终的结果竟和刚刚来的新人没有什么区别，一个纸箱子便能将所有装走。

而后的一段时间，我开始定期去报摊买杂志，定期去喝咖啡，定期去和朋友旅行。慢慢地，心境也平静了下来，每天的心情似乎都能在平和的范围内，很少沮丧，更不像从前那般悲观。

我开始学会向往未知，在无数的旅途中，我也终于明白，在路上，是一种修行，身处不同的风景才能体会到不一样的心情。只有在那旖旎的风光下，我们才能体会到坐头等舱都不会有的奇遇。

今天，我在厦门的海边，明天，我要去贵州的苗寨。不论在哪里，在何处，都有美好而独特的细节吸引着我。这段心灵的旅途，也许是我人生最好的一张明信片。

有时，觉得自己总喜欢不断回忆昨日的辉煌，也许昨日并没有现在这般悠然自得，但我依旧觉得那些流逝的肯定比现在更好，或者靠着那点辉煌也能照耀以后的时光。

面对这个困惑，我的一个朋友提醒了我，在路上就能使自己斩断这种错觉，或者是超越这一凡俗的心境。在路上，并非人们所认为的那种苦苦寻觅，奔波的状态，只有不断追求自我超越的态度才能将这“在路上”描绘得更为美好。

所以，我带着回忆，奔赴明日，远行之歌不断在我耳边回旋，浪漫而温暖。

新的旅途上，我将遇见怎样的明信片，也是我所期待的礼物。

# ╱ 最后，遇见最初设想的自己

打开人生的盒子，亲爱的我们，究竟有哪些人能无怨无悔，走到生命的终点时，感慨这就是自己想要的人生。

但愿，我们每个人最终收获到的都是一筐筐喜欢吃的水果，因为只有这样，一路下来才不至于口渴，才不至于被饿坏。

不同于时下各种美食作家的殷勤，有一次我翻到了一本美食书，它简单地介绍了十种普通的食材、六十种普通的家常菜。在这食材与家常菜之间，让我想起了小时候，以及小时候那些出自母亲之手的美食。常常想起妈妈说我小时候的样子，每次喂饭都要三个人，一个人逗着，一个人陪我玩着，一个人趁着我开心时往我嘴巴里塞着食物。

难道小时候的我这么霸道吗？我总不服气地问家人。妈妈的抱怨并不是有意责备，更多的是饱含着一种自我的满足。妈妈说：现在的你也是那么霸道，只是你自己不知道。

霸道？

这个词语真的适合自己吗？我从未跟母亲谈过自己的缺

点，因为在母亲的眼中，无论孩子怎样选择，怎么任性，似乎都是正确的。我们怎么能指望一个母亲以最恰当的方式来指出孩子的缺点呢？

还记得吗，最初我们考上大学离开家时的兴奋，想着再也不要重复父母那一成不变的几乎要发霉的生活，从而也庆幸再也没有人来限制我们的自由了。

那时的我们，想着要创造出自己的一片世界，想要过不一样的人生。每次在外面吃到美味佳肴，都要不住地感慨，终于找到了比妈妈的味道更好的美味了。

也的确如最初所愿，那时的自己虽然不知道自己想要的是什么，但对于一切未知的事物都很向往。很乐于把与时尚和流行有关的一些标签都贴在自己身上，尤其是在夜晚，往往会想象自己的未来，有时甚至会失眠。当然那时也会忧伤，那种年少而美好的忧伤，总闪烁着“少年不知愁滋味，为赋新词强说愁”的味道。

可渐渐地，生活在酸甜苦辣中变得与自己设想的完全不同，一些事情也慢慢地变得不再愿意与家人分享。因为妈妈走的路没有自己远，看的风景没有我多，虽然她一直是我最温暖的港湾。

取而代之，唯一能安慰自己的便是那些美食、事业、名声，尝遍各色餐厅……最终，却发现这些都是暂时的，一切都有可能离我而去。偶尔绝望与孤独时，我总是惊恐地奔向一个人——我的母亲。

在我的人生字典里，坚强的反义词是软弱，懦弱的近义词也是软弱。在过去的时光里，在现在的时光里，唯一遗憾的是，我没有勇气让自己变得坚强起来。多么可笑，多么可悲。可是哪怕我一个人始终故作坚强，也不愿让任何人看到自己的迷茫。也许我只是不想承认：我是懦弱的。

相信每个人都会遇见自己羡慕的人，而自己也会成为别人羡慕的对象。

在生活中，我们都为潘多拉的盒子而着迷，因为永远不知道那个神秘的盒子里会藏着怎样的未来。

据说小时候我应该是那样的孩子，妈妈说："你先读完社区图书馆所有的书，我再带你去市里最大的书店去看更多的书。"而我眼睛眨也不眨地坚持要先去市里最大的书店看看。

我任由自己在宽阔的图书馆里走来走去，眼睛看来看去。回家的路上，我对妈妈说："我的理想是要在这里做一名图书管理员。"

如今，这个理想只能当笑谈。而后，我走得更远，看到了更大的书店，也看到了更多的远方。但唯一没能学会的，是与自己和解。我不明白自尊心强的狮子为何会独自舔伤口，不明白那些成功的人为何任由机会错过而不去抓住。

曼德拉在监狱写道："给我一支笔和一张纸就好了。我的世界就在这里。"

据说，这个世界上有三个最锻炼人的地方，一个是大学，一个是军队，最后一个是监狱。相信前两个很多人都经历过，唯独第三个显得那么神秘。

面对人们的迷茫，曼德拉给出了解释："监狱是认识自我的理想场所，监狱虽不能带给人们荣誉，但在这里，一个人至少每天都会有时间来反思自己全天的行为。"虽然那是一个令人丧失自由的地方，但每个人与自己有大段的时间相处，也许反而是件好事。

在我们离开这个世界之前，也许你永远不知自己能走多远，能获得多大的成就。

亲爱的你，最终站在哪里？

是站在海边看最后一条鲸鱼跃过海面，还是站在金字塔面前留影；是最后一次站在校园的讲堂上，还是远在巴黎参加一场时尚秀？不管你身在何方，都要记得，不要忘记最初的自己，即便还是一个人，也要过得好，单纯到底。

亲爱的你，世界充满了美好的一切，我们这些美好的经历都将成为最美好的回忆，在最后的风景里，任由记忆一遍遍翻阅。而那些美好的事情，在如今看来不是看到了才坚持，而是我们在那坚持中看到了希望。

不管现在，我们遇见了什么样的人，过着怎样的生活，也许这就是我们生命中最美的时光，在阳光下，微笑向暖，安之若素。也许直到最后，年少的爱情，最初的信仰，沿途的一路风景都已显得不再重要。

唯一重要的是，那些以为过不去的坎儿，我们都已迈过去，只记得谁说过，有些人、有些事终究是要散乱在人海。

唯一值得期许的是，我们每个人，在路上只有内心存在善意，路途中才会不断偶遇天使。